中国散文 60 强

夜在当代讲述什么

刘烨园 / 著

北京联合出版公司
Beijing United Publishing Co.,Ltd.

图书在版编目（CIP）数据

夜在当代讲述什么 / 刘烨园著. -- 北京 ： 北京联
合出版公司，2024. 8. --（中国散文60强）. -- ISBN
978-7-5596-7870-6

Ⅰ. Ⅰ267

中国国家版本馆CIP数据核字第2024MK3625号

夜在当代讲述什么

作　　者：刘烨园
出 品 人：赵红仕
出版监制：张晓冬
责任编辑：徐　樟
特约编辑：李向群　和庚方
封面设计：立丰天

北京联合出版公司出版
（北京市西城区德外大街83号楼9层　100088）
三河市同力彩印有限公司印刷　新华书店经销
字数150千字　650毫米×920毫米　1/16　14印张
2024年8月第1版　2024年8月第1次印刷
ISBN 978-7-5596-7870-6
定价：65.00元

"中国散文 60 强"丛书

编委会

中华散文的文脉与发展

——"中国散文 60 强"总序

邱华栋

中国是诗的国度，亦是散文的国度。

穿越千年时空，从明清至唐宋，再由魏晋南北朝至两汉先秦一路回溯，汉语言文学中的散文实乃根深叶茂，硕果累累。无论是"唐宋八大家"之雄文美文，还是骈俪多姿的辞赋，以及名垂史册的《史记》《左传》，均为中国文学史上的璀璨明珠。"散文"与"诗"一道，成为中国文学的"嫡系"。尽管，后来从西方引进嫁接技术所催生的"小说"，大有"喧宾夺主"之势，终究还得"认祖归宗"，血脉和基因是无法改变的。

在中国散文流变历程中，曾出现过两次鼎盛期。一次是被文学史家所公认的"先秦散文"时期。其时，伴随着春秋时期的思想解放，诸子蜂起，百家争鸣，一大批散文家以饱满的气血、驳杂的学识和破茧的精神，创造出了散文的繁荣和辉煌局面，对后世产生了极大的影响。

到了"五四"时期，中国散文迎来了第二次鼎盛期。白话文如劲风激浪，吹刮和涤荡着神州大地。沉睡的雄狮醒来了，偃卧的小草开始歌唱。许多学贯中西的进步文人，肩扛文化变革的大纛，冲锋陷阵，掀起了一波又一波的新文学浪潮。《新青年》上刊载的散文，犹如一束束亮光，不但给人以希望，还给人以力量。"五四"以来的散文作品，无论是观念和主题，还是形式和风格，都跟以往的散文迥然不同。最具代表性的，当属鲁迅先生的散文（包括杂文），其刚健、凌厉的文质，疗救了中国散文长久以来颓靡不振、钙质疏流的顽疾。此外，周作人、郁达夫、朱自清、萧红、沈从文等一大批作家的散文创作亦各具特色，呈一时之盛，影响深远。

时代的前行催生了文学的发展，然而文学与时代有时并不同步甚至充满了"张力场"。"五四"的个性解放虽然催生了一批个性鲜明的散文精品，但这样的生态并未持续多久，中国散文的波峰出现了向低谷滑行的趋势。有论者指出，"散文在50年代既是对解放区散文文体意识的放大，又是对五四散文文体精神的进一步偏离。这种放大和偏离表现在个体性情的抒发让位于时代共性或者时代精神的谱写，政治标准优先于艺术标准，批判性为歌颂性所取代等诸方面。"（董健、丁帆、王彬彬《中国当代文学史新稿》）1960年代初，散文创作一度出现了活跃，"专业"从事散文创作的作家群凸显出来，刘白羽、杨朔、秦牧相继登场，迅速成为散文界的三位名家。但他们的作品后人评价褒贬不一，认为其中颂歌式的写法较为单向，这种模式化的写作，不但对散文的建设毫无益处，反而扼杀了散文的个性和神采。

"文革"十年，中国散文更是一片凋零和荒芜，乏善可陈。1970年代末，一些历经浩劫的作家开始复血，解除思想枷锁，重新拿起笔来写作，中国散文才又凤凰涅槃，焕发生机。加之各种文学刊物纷纷复刊和创刊，以及大量西方文化读物的译介出版，更为这些饥渴、桎梏太久的散文作者提供了登台亮相的舞台和瞭望世界的窗口。

1980年代初期，伴随改革开放的热潮，思想解放大旗招展，文化随之繁荣，诸多承续"五四"精神的作家以笔为旗，抒发胸中压抑既久之块垒，出现了一批抒情性质浓郁的散文，使得现代散文这块"百花园"芳菲争艳，蔚为大观。特别是1980年代中期，随着作家主体意识的不断强化，中国文学开始呈现出一个崭新局面，作家从"集体意识"中抽身而出，重新返回"个体"，注重对生活的体察和内在情感的表达。这一时期，散文的艺术性得以强化，文本的精神内涵和表现空间得以拓展。

进入 1990 年代，社会发展日新月异，城镇化进程锐不可当，文化领域亦呈多元格局。各种文学思潮相互碰撞，人文精神的讨论更是打开了作家们的创作思路。"大散文"概念的提出，引发了散文界对散文的内涵和外延的重新讨论和界定。风靡一时的"文化散文"热，成为文坛上一道靓丽的风景。"新散文""原散文""后散文""在场散文"等散文流派"你方唱罢我登场"，争奇斗艳，各领风骚。

及至二十世纪末，一批深具先锋意识和文体自觉的新锐作家，像一头公牛闯入瓷器店，使散文天地发生了激烈的碰撞和变化，形成一股新的散文潮流，提升了散文的审美品质和精神向度。

纵观 1978 年至 2023 年四十多年来，中华大地在"改开"的黄金时代中，社会生活奔涌激荡，各种思潮风起云涌，散文创作更是云蒸霞蔚、气象万千，涌现了众多成就斐然、风格各异的散文作家和具有思想深度、艺术上乘的散文作品。岁月的流水冲走了枯枝败叶和闲花野草，中流砥柱却巍然屹立。时间留住了新时代的散文经典，经典在时间的长河中绽放光芒。以沙里淘金的经典散文向"改开"的时代致敬，是我们不可推卸的责任和义务。

别看散文的门槛貌似很低，要真正写好，却实属不易。优质散文是有难度的写作，它不但需要作者的智识、胸襟、眼界、修养和气度格局；更需要写作者的态度、立场、慈悲、良知和批判勇气。遗憾的是，散文创作繁荣和光鲜的另一面，却是大量平庸甚至低劣之作的泛滥，不但败坏了读者的胃口，而且造成了物质和精神的极大浪费。散文作家层出不穷，散文作品汗牛充栋，可真正能让人记住的散文佳构却凤毛麟角。

散文要发展，文学要前行。发展和前行就要从平庸的樊篱中突围。在突围的过程中，散文作家不可太"聪明"，不可太世故，要永存对文学的敬畏之心。一言以蔽之，散文的尊严来自散文作家的尊严。也可以说，要想散文繁荣，首先需要有一批人格健全，品德高尚，铁肩担道义的散文作家。什么样的人写什么样的文章。特别是写散文，最容易看出一个作家的内在品质和境界涵养。一个人格不健全的人，哪怕他作文的技法再高妙，也很难写出撼人心魄、抚慰灵魂的散文来。作家精神品质的高低，直接决定其作品的精神向度。

为了散文写作的突围和发展，为了建设独具特质的当代散文，也是为了更好地从经典散文中汲取营养，我认为有必要正视和重申一些常识性的思考。高头讲章的理论是灰色的，常识之树却葳蕤常青。

一、作家的个体精神决定散文的优劣。常言道，散文易学而难攻。难在什么地方，不是难在技巧，而是难在作家个体精神的淬炼上。倘若作家的个体精神不够丰富，不够深刻，不够清澈，纵使他手里握着一支生花妙笔，也写不出令人称赞的散文。那么，如何才能做到个体精神的丰富性呢，这就要求作家时时刻刻不背离生活，要知人情冷暖，体察人间百态，关心民瘼，有忧患意识，不要做生存的旁观者。一个冷漠甚至冷酷的人，是不适合从事散文创作的。

二、真诚是确保散文品质的基石。散文创作跟作家的生存经验息息相关，可以说，真正优质的散文，无不牵连着作家的血肉和心性。作家的喜怒哀乐，悲欢离合，都或隐或显地暗含在他的作品中。假如在一篇散文作品中，读者既看不到作者的体温，又看不到作者的态度，那这篇作品或许就是失败的。说明这个作者在他的作品中"说谎"或"造假"，缺乏真诚之心。作家一旦失去真诚，为文必定矫揉造作，作品也必定会失去生命力。因此，真诚是散文的"生命线"，也是"底线"。

三、个性是促进散文生长的养料。人无个性便无趣，文无个性便平质。当下，每年都会诞生数以万计的散文篇章，但能够让人记住，且读后还想读的作品并不多，何故？概在于这些数量庞大的散文，无论题材，还是语感都千篇一律，像是从"模具"中生产出来的，缺乏辨识度。散文要发展，必须要求作家具有"个性意识"。"个性意识"不是标新立异，更不是哗众取宠，而是一种"创新意识"和"审美意识"。但凡在散文创作方面被公认的那些大家，都是"文体家"，他们以自觉的写作实践，开创了散文写作的新路径。不合流俗方能独步致远，推动散文的建设和繁荣。

当然，以上几点并非创作散文的圭臬，谁也没有资格去为散文"立法"。

散文是自由的创造，散文精神即自由精神。我之所以提出来，仅仅是希望引起散文同行们的重视和参考，共同为中国当代散文的发展尽力增光。

我们策划、编选"中国散文60强"（1978—2023）的初衷，旨在对新时期以来的中国散文创作作出梳理、评价和选择，试图精选出风格各异的代表性散文作家，以每位一部单行本的形式，呈现出中国新时期优质散文的大体样貌。此项目的发起人为资深出版人张明先生。多年来，他一直追求做高品位的纯文学书籍，也曾连续多年与中国散文学会、中国小说学会合作，出版年度《中国散文排行榜》和年度《中国小说排行榜》。2023年他策划出版了《中国小说100强》，反响不俗。身处喧嚣、纷杂的环境，能以如此情怀和心力来为文学做如此浩大的工程，不能不令人钦佩！

感谢张明先生邀请我和叶梅、冯秋子、陆春祥、吴佳骏、张英、文欢组成编委会，共同遴选出60位作家。我们在召开筹备会的时候，即将作品的思想性、艺术性、代表性以及影响力作为编选的基本原则。在确定入选作家名单时，我们认真商讨，反复研究，生怕因为各自的眼力、审美和趣味之别，造成遗珠之憾。好在我们的工作得到了作家们的积极回应和鼎力支持，惠风和畅，大地丰饶。

60位入选的作家，既有令人尊敬的文学大家，如孙犁、张中行、汪曾祺、史铁生、邵燕祥、流沙河、刘烨园、宗璞、贾平凹、韩少功、张炜、梁晓声、阿来、冯骥才等。这批散文大家的作品，文风质朴、清朗、刚健，充满了"智性"和"诗性"。无论他们是写怀人之作，还是针砭时弊，歌咏风物，都有着鲜明的文化立场和审美取向。他们或出入历史，借古观今；或提炼人生，洞明世事，输送给读者的都是难能可贵的"精神营养"。

也有被散文界公认的名家，如李敬泽、王充闾、马丽华、周涛、冯秋子、叶梅、筱敏、张锐锋、周晓枫、于坚、鲍尔吉·原野等。这些作家的散文作品，特色鲜明，风格独特，诚挚内敛，从内容到形式，都作出了各自的探索和尝试，为当代散文注入了活力。从他们的作品中，我们不但能够领略汉语之美，更可以借此反观生活与存在，寻找人之为人的价值和尊严。

还有散文界的中坚力量和青年才俊,如彭程、谢宗玉、江子、雷平阳、任林举、塞壬、沈念、傅菲、吴佳骏、周华诚等。从他们的作品中,我们见到的,不只是中国散文的文脉传承,更是自由精神的张扬。他们文心雅正,笔力锋锐,不跟风,不盲从,始终保持着独立的思索和判断,在各自所开辟的散文园地中精耕细作,以崭新的姿态参与和推动当代散文的变革。

其实,细心的读者不难发现,入选本丛书的老、中、青三代作家都有个共性,即他们均在以自己的作品审视心灵,心系苍生,弘扬真善美,鞭挞假恶丑,充满了正义感和人道主义精神。这自然与时下众多书写风花雪月,一己悲欢,充塞小情趣、小可爱的散文区别开来。正是因为有他们的存在,中国当代散文才呈现出一幅绚丽多姿的长卷。

需要说明的是,有些重要的散文家,如张承志、余秋雨、王小波、苇岸、刘亮程、李娟等人,由于版权或其他不可抗原因,未能将他们的作品收录进来,我们深以为憾。

我们还要感谢北京立丰天文化传播有限公司的资金支持,感谢北京联合出版公司的精心编校,他们慷慨和无私的义举,对于繁荣中国当代散文创作、对于赓续中华优秀散文文脉、对于中国新时期的文化积累,均具重大价值和意义,可谓善莫大焉。这套丛书的出版意义将同《中国小说100强》一样,旨在给读者以经典的指引,这既是一项重要的原创文学工程,同时也是助力推动全民阅读和研究传播文化的公益工程。

郁郁乎文哉,中国散文有幸!

是为序。

2024 年 5 月 12 日星期日

（作者为全国政协常委,中国作协副主席、书记处书记）

目 录
Contents

在苍凉

时间，从每一个地方走过，从每一个心灵走过……

哪儿，是她蔽月启程的故乡？

她又将在哪儿停泊？寻岸钻木取火，微笑着，一枝一枝，撩旺如塔的柴火——几绺火亮的云，就这样，在创造中升起来了……

她们是信笺吗？

是时间在召唤她的空间弟兄？

时空相约的出处，是在浩渺的海边吧——在盲人荷马不在意沾衣的晨露，独自油然弹吟的一段激昂的史诗里？或许，是在密林烟瘴的天涯——苏东坡"十年生死两茫茫"的怅惘，一代一代，至今依旧夜夜穿越人性深雨的蛮荒……古楼兰"丝绸之路"上，那个风沙肆虐的客栈，一位叫"马羌"的羌族姑娘，在暮色里实在难捱情欲与苦恋，她一字一血写就的情书，那封永远未能寄达的情书，是否也正是因着时空的爱抚，才在千年之后从茫茫大漠里出土——这时的读者，即使已是无诺无信的今人，她也像同时重见天日的那幅集东方汉字、希腊肖像、佛陀华纹为一体的彩艳古画一样，永远灵韵烂漫，悠远至美，又鲜润感人……

抑或，时间也停驻在那部被无数人阐解的"朦胧"的《野草》里吧——地火浓烟的深处，飘忽着那个东方"过客"不死的身影：肉体精血焦灼，浩茫心事接连广宇，却又"风雨如磐暗故园，寄意寒星荃不察"……然而那是青年时代的事了。在中年的《野草》里，他久久裂心仰叹的，也许却是个体的短瞬生命，在天地静谧如初的深夜，似乎不期然地相遇时空博大恒久的沉雾时，每一个智者，皆会油然而生的人生不过是一个"过客"的渺小与虚无——真实的、与生俱来的渺小与虚无，永远挥之不去，人又何以总是幻想着战胜它们呢？是否无益而徒劳？

"过客"这样想。想下去——于是，既然如此，又有什么理由非"关注"它们不可呢？你跟随你的，我走我的路，你就蜷息在你应该在的心灵的一隅吧——哪怕爱因斯坦也曾这样求索愈深，就愈神秘于"上帝"的造化。

在他百感交集的《野草》里，东方的"过客"终于这样彻悟了。这是人在最彻底的绝境里的彻悟。三四十岁以后的光阴，自古就是愈来愈快的，不知不觉转眼就是五年、十年！"彷徨"不起了——于是，这个独行的"过客"用《野草》这曲一生中唯一的"主观"和内心的绝唱，与形而上的种种冥思，做了终于渐渐飘远的最后诀别！

中年的诀别，是时空删去累赘的苍凉，是苍凉里归来的热血与方向——沧桑如雾，热血坚定、单纯；方向，亦不可替代！

于是从此，"过客"像摩西一样划开了"天""人"的河界，跃上的是只有现实的峭岸。他义无反顾、再不回首。他拂去时空在鬓间的笼罩，踏出《野草》深陷的犹疑，也走出了生老病死的悚惧之泽，大步地只求"速朽",只知人生愈短瞬,愈本来就渺小,那就愈应该充实,愈必须"加速",愈要在现实中握紧拳,绝不懈怠地边走边举着刺向黑暗甲胄的匕首和投枪……

他在苍凉里寻到了属于自己的唯一。

独立的、现实的、局限的、自我的唯一。

人最重要的就是找到各自的唯一。人有权利如何自我,哪怕像不朽的"过客"一样,由于是在现实中搏杀,所以更容易散落一地局限;也哪怕指出这局限的后人、后后人,将比"过客"更局限——因为他们还远远没有像他那样,深知局限是时空赋予生命的正常与无奈,并深知问题的实质,根本就不在局限和指出局限,那是时过境迁,如茶客聊天、如白发宫女闲坐说玄宗一般简单却无力的(那些以别人的"局限"之托词,来膨胀袄下之"小"的极不磊落之徒不在此列)。

黄金分割律不是说,0.618就是极美吗?

因为"不完整""不周正"而极美,也因为局限而极美——白云苍狗,如果局限是不言而喻的话,是任何人、任何事皆注定如此的话,那么,问题的实质,也许就仅仅在于分辨此局限非彼局限,在于思考局限时要对应它所置身的时代、处境,要打通"过客"与时空绝地的关隘,要公正于局限所活蕴的内涵、作用、方向、牺牲,以及她们小于或大于局限之比例的生命价值了!

然而,即使是这样的公道,当年的"过客"也早已弃枷不屑了。他只是做,只是死了拉倒——而仅此一点,于无意中,不是竟又证实了群起而责的后人、后后人自身的局限,已不知深重于他丰蕴着金脉的局限多少倍了吗?!

一程一程的生命。恐怕只有当沧桑成为这样的苍凉,苍凉得清澄、透彻，苍凉得深邃、弥重之时，就像我的人间故乡那雨后的凝望一样——时间，才会在这时停驻下来，在人的心灵里，撩旺思绪的篝火，朴素、宁静，跌落功名，并使那一如既往的硝烟，也飘零得有如生存的日常吧。

这也许就是艺术了。

但这是生命的艺术，人生的艺术，而非语言和体裁的一枚叶子。"任何一个这样的人都是你。"在生命之柢的丰富里，文学也罢，音乐也罢，舞蹈、绘画、建筑、戏曲……等等，不都是极小的一枚载体的叶子吗，且有时还是太轻太不重要或有病菌的叶子。它们可曾有缘与浩瀚无垠的时空对话，就像维斯瓦河岸边的亚当·米奇尼克^①在与银鹰一起飞翔一样——几瞬即是一生的绚烂，一人即为一个民族的精华?! 生命不仅仅是属于人的。人的诞生不过只有二三百万年，又遑论个体生命的几十年光阴？在时空那儿，所有的自然之子，几万几亿年，不都是先于人类，而来自同一个故乡，同一个平等的、血脉相连、万物同源的神奥而广袤的蓝润殿堂吗？

那虚无的源头，可是苍凉的驿站？

感恩苍凉。
许多年了。
感恩苍凉。

少小离家。过去，是从未想过这是为什么的——为什么相遇了这么

---

① 维斯瓦河是波兰的主要河流，银鹰为波兰国徽；亚当·米奇尼克，当代波兰重要的思想家，他与捷克的哈维尔一样，为人类二十世纪惨重的意识形态苦难提供着变革的精神新资源。

多人，却从不愿听人谈论几千里外的故土，也从不问任何人，她究竟美在何处，又何以胜甲天下。一个人间游子如此"心如止水"，情愿将钟情于故土的交流挡在心界之外，是因为命定与她同在，而她的绝美和深美，又是不可逾越的吗？

也听过无数的口碑，见过无数的情不自禁的诗文"公证"，有同胞，有洋客，有古人，有今人，有时在他们的啧啧赞叹中，甚至没有别人插话的空儿——我那骆越故乡，我的桂林、柳江、阳朔、乐业、隆林、靖西和巴马……山如何，水如何，洞如何，凤尾竹好像是他们亲手栽种的，好像他们才是思乡的游子，历历如数家珍，美景多于过江之鲫……然而，那深邃而绝美的冥悟呢？那时空的"纯金"呢？那与生俱来的苍凉呢？就像人生如果也仅仅是一个游客而非真正"过客"的话，时间又会在哪儿停驻下来，与空间相遇，像被攫名为"中国结"的鲜红而纯朴的乡间"布锁儿"一样，一缕一缕地相互凝聚又齐翼绽升呢？

曾经沧海。

曾经沧海……

曾经以为平静就是呵护，沉默就是同在。

于是一次次对自己也对故土这样说——绝美或深美都是不必印证，不必倾诉的，因为人与人不可复制，因为生命与经历注定不同，所以属于你的，也就只能唯己独有——唯你才有那样不属于游客之怨的阴天，那样连绵多日的"长脚雨"偶尔飘散的瞬间；那时天上奔涌着乌云，光线无边地柔暗，却清澈又透明，一种沧桑的清澈和透明，就像中国历代的修炼高人，即使永远不能抵达，也要执着地向往宁静致远的境界一样——境界，原来就是大自然，就是心灵的风雨疆场，在激烈的鏖战、相持之后，油然而悟的内涵呵。

只有悟出来的才是自己的，听来的、看来的、教出来的，从来就不算，从来就可忽略不计，就像苦难学术化、工具化，人性标签化、阉割化，本能、本性、本态层层叠叠地包裹了意识形态的"附加值"之后，其真实都绝对地可疑一样（例如爱情曾被纳入"封建礼教"的鞋帮，故而八十多年前，爱情自主竟也就成了"反抗封建礼教"的利器，于是彼此也就静止地"水准对称"了）。

于是苍凉，这时就像那截凸凹着悠悠往事的古城墙。拥挤的闲游者们即使看见，即使抚摸，也是无法祈盼那一块块磨损的裂藓石砖，开口说出真谛的。

阴雨天。北回归线颤动的阴雨天，那样从远古而至的绝美和深美，从来就像中年一样沉潜少言。她不属于游客的闲暇，只属于亲历的沧桑，属于几千年浸涸的东方血泊里，那和少年心灵一样无垠生长的柔暗青光——她是对苦难的珍惜，是葆有生命完整和活力的营地。在她之后，奇山妙水、竹林农舍，才真正地被洗得历历在目，纤毫毕现了，连锄刃的亮茬儿也在蓑笠的背影身后一晃一闪；而当瑶家愿唱才唱的山歌又向远方涌去之时，她们的清丽、高亢，又缓又长，也才一如古榕树同样的无忌无惮的野性呼吸（多么奇异！被百越群山"困"住的自发山歌，从来就无遮无拦，高开远走，而在游子寄寓的鲁地平原，乡曲一旦有了"表演"的附加值，无论独唱、合唱，都如"文化"一般内缩了——自然的视野虽然辽阔，人的声音却咫尺回旋）！这时，即使是在奔涌的乌云之下，灰水牛牵走的清贫童年，也是正常得不能再正常的了，也依然是不会向任何人讲述这样的幻觉的——每一次倾听火车头长鸣的汽笛，小牧童都会仰望云天，多少年都笃信那不可思议的巨吼，是上苍从高远的茫茫湖泊里，迅疾伸出一双泥茧模糊的大骨节巨手，匆匆拉网一般地收去的，就像"麻栏"①里的火塘边，比富裕更丰盛的是一夜又一夜的传说与冬梦一样。她们伴着青蛙的图腾（娃、娲同音，女娲是青蛙的异化），伴着老爹褪皮的竹水烟筒，简朴而寒寂，来了又去，去了又来……

这就是苍凉。这就是时空的遥望——在现代的成年操劳里，若无这样的驿站，时间，又在哪儿可以停下来，汇聚朴素的叩询与希望？哪怕游子五十年亲历的血与火，触手可及，却已经被遗忘与哂笑，重新捏成了奇形怪状的丧钟模样?！

那叩询与希望，也许正是时间的故乡，生命的源头吧。

世事变迁。命运莫测。岁月覆盖。厚厚迭迭……

一切都似乎身不由己，心不由己了。即使是青蒿江湖里那自由而神奇、陌生又浪漫的人性，那历史感和生命真实感，那秀影牵挂白荻洲头，也依然仗剑横舟的远行豪气，也都永远失传，淡漠弥久，似乎再也寻不回来了……

然而时间，不是带着她那遥远的原绿和本色，一直在走，一直在播撒，一直在钢筋水泥的壳巢街衢，时时不易察觉地担忧吗？不是还随时准备张开那晾干雨滴的翳亮双臂，等待一介平民又在胸前揣热少时阴雨里的苍凉记忆，大步疾疾地归来吗——"回家""还原"，让自己成为自己，人成为人，让事物的原质除去"人为"的锈痂，不又正是文明的真谛吗（就像伍德斯托克②之后，性也更人性一样）？

---

① "麻栏"为二十世纪广西常见的多民族乡村房舍，竹木结构，主屋被柱子支悬于二层之上，一层为堆放杂物或牲畜栖息处。这种古老的民居样式，据说已经传衍了几千年。

② 伍德斯托克：美国小镇。二十世纪六七十年代，无数青年自发聚集于此，举行几天几夜的"摇滚"狂欢，放纵不羁，惊世骇俗，激烈抗争当时的现实与"传统"。重新燃亮了人类文明历程的深层思考。歌手列侬，即为那年月的象征之一。

伸如河湾的双臂，总是像河湾一般宁静。那是两束太阳的光，阴穹的光，暮霭和夜色、星与月融融合一的光——她们又使停泊的心，重新归属自己了。篝火依旧簇新，自我仰首如濯，记不起的只是都市的嘈闹与成年的腌臜，连同远远流逝的无以名状的负重和挣扎……她们使眼前的夕阳，又不禁久久相偎红豆杉林，依依不舍生命的炊烟，不舍时空在苍凉里和谐地尽情对弈；不舍桐油灯一芯接着一芯地燃亮，寂寂地沉静着外婆胜似千钧叮嘱的永生目光——外婆，在沉沉郁郁的游子思念里，你在天国里所期冀的，就是后人这样的归来与这样的再次出发吗？

你的慈爱依旧。我的童年气韵依旧。北回归线故土清新依旧。

但现在，她们是途中的内质与力量了。她们就像远方仍在上升的喜马拉雅——原来生命的源头也会生长，就像格桑花年复一年，在苏醒的湿地，不为人知地开放一样。

而黑颈鹤，也在那儿自在地栖息翱翔，千万年不知闹市的鼠目寸光。

多好的人类兄弟。

就像孤亮炯炯的子夜心灵，从来就是时空最钟爱的姐妹一样。

感恩苍凉。

感恩你擦拭人生青铜的冥冥之光。

1984 年、1991 年、1996 年清明节随感札记

2003 年 4 月—2004 年 11 月，整理成篇（时已远离故土 32 年）

向 导

　　总有一天，等到我们老了，我们也许会去寻找年轻。人们管那叫回忆。可是，那时她也许不会和我们相认了。我们老了。似乎早就面目全非。我们拿什么去做重逢的信物，谁是自信而成熟的向导？如果我们死了，当我们的孩子来到她的面前，又将用什么去证实我们也曾是她的弟兄，就像一个孤儿，在茫茫人海中无法执着当年的信物，找到父辈最信赖最侠义的老友一样。她不会收养他们。他们不知也无法找到漂泊中隐约的北斗。生路断了，他们靠什么又怎么走，该走向何方？

　　长歌当哭。"飞絮濛濛，垂柳阑干尽日风。"

　　于是只好茫然闯荡了。而结局的不幸往往比我们更其悲哀。因为没有任何一代人能独自走向一截界碑，就像没有任何事不曾有过开始一样。1919 年的"五四"之夜，是 1840 年以来也是上溯几千年文化积聚的嬗递，欧风美雨的连绵，其实也早在雅典城堡的年代就飘临了。好事坏事皆如此。而我们即使有权对不住自己，却又怎么有权虐待后人？他们也许不愿像我们一样生活。他们还幼小，日子一望无际。

他们也还有后人……

年轻掉头走掉了。因为有人活着时没有勇猛地伸出手去，没有挺肩而行，独立且担当。我们赊欠了无数龟缩的借据，就为了用生命赎回那包典当的旧衣物。它沉重而破旧，我们曾指望它捧回如断气在即的微息的满足——于是没有留下一段和年轻生死与共的岁月，一枚她所熟悉而亲切的戒指，一封唤醒思念和感动的信笺，一张在遇难的焦土边一同微笑的照片……这就是历史，若干年无颜见江东父老姊妹的所谓幸存者的历史。

太阳下山时听不到的声音，太阳升起时也不会听到了。

年轻不是无血的数字。一切的陌生不是因为我们老了，而是我们早就面目全非，早就抢先背弃了她。背弃了她的蓊郁的想象和激情，深刻的果实连同苦难的月光与信念的河流。春去秋来，她们颤抖着也踏实着，犹疑着也坚定着，多情而善感，公正又忠诚，慈爱并严厉，生机无比，息息不尽。

她是那么热烈，那么难得。"金风玉露一相逢，便胜却人间无数。"我们的孩子也许终将因为自己的幸运而结识她，懂得年轻为负重而来，为无羁的快乐而来，也为她的"物以类聚人以群分"的后世而来。到那时，他们将恍然大悟，憎恶我们，永远不屑提及。他们也许根本不需要托付和抚育，不企望任何前人栽树后人乘凉的安排，但他们想倾听到父辈应有的责任和启示的钟声，并让它久久地响彻下去。他们可以不必为此产生自豪和信任，但也不愿看到我们最多不过是一摊教训与耻辱的淤泥，或者根本就没有活着的必要——因为如果真的前不见古人如此，后没有来者这般，我们就成了死后都挡路遮目的罪愆了。

而我也算一个吗？一个进化了的蚊子？

我还不老呵。

而在我活着的时候，亲眼所见，连草们都很忙，很紧迫，很朝气，葱茏如愿。

　　它们情有独钟。

1990 年 4 月—1991 年 9 月

很旺的血

我原本只是它一路湿漉漉的影子吗？

我的"让娜·杜瓦尔"。

我的屋里屋外反差截然的冬天。

北方的冬天。

……

蕨草上升

深绿的声音向高楼飘近

你是时间唯一的方位

合金的寒冷

故事的车队辚辚迁徙

谁转身迎了过来

倍数的沧桑

今夜更名生育

嘈杂在那儿的依旧是它。它的气息。它的抗争。太阳在人们熟悉的脸上，正把古老的生存照亮。该变的、不该变的都已变了——老楼还在拆除；早先拆去的旧址上，新建的楼窗几年又旧了；自发的露天集市，何时成了有棚有墙、整齐划一、挂满纳税标语的小街？还有路——那些陈旧阴暗、只有知情人才能走通的拐角弯巷；那些土路、臭塘边兀地就会有一片山坡、几块卧石、几户人家，几片杂草灌木在狗吠中荒凉竦听的城郊风光……是什么使我这么久没来看望你们？我曾在这儿想过一生的问题。来看我的朋友不相信即使摆摊补鞋也并不妨碍产生思想；我曾跃过暴雨中密集的地面"水帽"和刮断的电线跑向独处的小屋，无处不在的雨声里满世界冷漠、苍茫；砍柴斫伤的手指，铁道边头顶荷叶的夏日，傍晚才午休的随意，破开的柚子皮当足球踢来踢去的吆喝，伙伴们相约着一夜之间全剃成光头的恶作剧……还有……还有你——不再拉动风箱，让路边的茶寮遗址一样将深夜少女的梦幻飘至流浪的唇边，那么干渴，那么冲动，那么亲切的记忆……如今，我成年了，你却哪儿去了？"嫂子"。

哪儿去了？平平常常的地方。有知有觉的岁月。

什么时候被周围骤起的"眼花缭乱"所撕裂又被书斋所隔膜的呢？

"生于街道表示你要一辈子流浪，走自由路。"

"在街道上，你才会真正了解人。离开街道，你对人的看法只能算是你的想象。"

亨利·米勒在脚下说。

这时——只有这时，我才真正理解了他的活力、他的激情来自何方，我那失眠的帆何以气血两虚，头沉脚轻……

心在黄昏亮了。在街道。

不远处，冷风正抽打着从前流落昆明的陌生。揣着无法解饿驱寒的袖章，却萌生"我要写一本我们的书"的无尽念头——我们，我们，十六岁，并不太远，却怎么差点儿使我忘了来自街道的平民籍贯呢？

如果忘了，写出来又怎样？

不写又怎样？

　　波涛去向不明

　　考验的雨迹在草原沉寂

　　我以为自己是无形的十字

　　流离裂谷厚野

　　走失词语檐群

　　长开长旺

　　芬芳摇曳辽阔的独行

我听见，又听见："别自作多情。真的给你一个让娜·杜瓦尔，承受得了吗？"——在我们都为那个异国情调的"黑维纳斯"深深感动的年月，有人早熟着轻蔑地说。

从此我不再相信"朴实"（书里的过滤，那么早就失灵了）。朴实原来是现实熏燎的那只陶茶壶——盛过水，盛过酒，盛过咫尺茶寮之外茫茫的大雪，盛过遮雪的茶寮里，炉膛熊熊呵暖我们的伊甸——你就是一个完整的冬天呵！忍受穷困忍受卑贱忍受街上众目一样的命运触角，然而低下头，却还是那个颤动向往颤动神秘颤动关切颤动游手好闲的"公子哥"们受不了的伶牙俐齿的"右派妹仔"！那时我们都是街道的孩子。街道的孩子里只有她敢大声承认，大声拉响风箱，送出煤烟，送出蒸汽，送出被"运动"逼遣还乡反而更坦荡的高傲不羁——而在深藏的心事深藏的孤凄深藏的情欲里，不可探寻的混杂街道还要度过许多年才会因为《北回归线》而豪迈。

为漂洋过海的亨利·米勒而豪迈。

在地球的那一边。在小镇的我们并不知道的那一边。

不知道的我们那时与米勒一样真实。

可如今知道米勒的人又怎样呢？知道，读过，就意味着也能理解他深处的神性、人性、兽性与悲悯吗？就像蒙娜丽莎也绝非是什么知识竞赛的分数一样。

我的让娜·杜瓦尔。我的总是对我说"你什么时候长大就好了"的伙伴。"理解"已经使我满目疮痍，唯有只想接受而不想去"理解"的你，还是我的碰撞，我的磁力，我的鲜为人知的贮水陶罐上那枚纹窝的星星——上帝也不会知晓一个女人的几分之几。他远在天边。他同样会为我的幸运欣喜，为你的神秘而升华，为我们那夜寒冷中的滚热身心而依依祝福至晨曦——离别的鸡啼，多少年来，谁的深情能像我们一样惊动它的颈声戛然而止，谁的叮嘱能拍抚它的芦花亮羽，凝神感应，又依依垂立，遥望东天，久不既白？

谁？还有谁？谁还在拨寻记忆之金？

人与雪，血与地，有寒风就有征程的黄金。

> 也许，我不该宿营
>
> 失眠，思考的专利
>
> 历史一样流淌着年轻
>
> 月光掷地有声
>
> 星空疼痛高贵
>
> 言简意赅的分量
>
> 为什么还要伸出最后的手

徐徐忍受

排山倒海的距离

街道的让娜·杜瓦尔，你是街道的波德莱尔一生的灵感，一生不竭的狂乱和情欲。在巴黎，诗人传世的是词，但比词更传世的是血。令诗人自愧自卑自虐的血。在那儿我行我素、张扬无忌，从未被体面、上流、道貌岸然和虚伪怯怜抽干的血。

民间的血。很旺的血。虽然不着一字，不分朝代。她说。

她说过。

她会这样说的。如果有重逢的那一天。

说街道不屑于什么记载。说"文人"这个词是当代失拍的滑音。

说你根本就不属于那些同病的"知识"面具。你得意于其中你就彻底完了。

说她警钟一样的轻蔑和对我这街道不肖之徒的感人疼爱都是从那儿来的。从她从未丢失的生命籍贯——我的"嫂子"，我的嫂子一般活过的让娜·杜瓦尔，我想念你！

想念我的幸运。

我的昨天。

我的面对无血衣冠的漠然。

深深地，从绝不属于我的书斋，不属于我的牌坊纸幡。

冷酷吗？不值一哂的他们谁比那些寮灶的石头烫心？

我只要你。嫂子。只要你给我的清醒。

在你离去的时候，让我重新再来。

让那路边的茶寮不是遗址，不是意识，不是词语。

是血。

是我咿咿托钵的祭奠，在天使和魔影如雪纷扬的冬天。

不再失明的冬天——

触摸扑面的鹅黄

等待暴雨濯落阴阳

天地，这样相遇上路

太深。太强

谁也看不见的领取

熔铸十字

淘尽剜骨的辉煌

1997 年 10 月

濛濛的年轻

有的人，自己就是世界，有的人，连在一起也不是世界。

——23 岁时的日记

穿过雾湿的冬林，岁末凛冽的街上，我独自走向凝望的你。潮融融的气息很早就有了。子夜的尽头，落着时远时近的漠然，落着路灯迷蒙的冷寂。

只有我一个人。深远而宁静。

冬天，不知又是什么时候阴暖起来的，消失了家家户户熟悉的寒凝。"又快过去一年了。"从前，我们总是在难得一起散步的夜里，偶然察觉到这种不知不觉的亲切的。在稀落的法桐树影里，默默走了很长，很久，思绪远离周围生存的市井，也不曾有过即将过年的孩子的记忆。相同的心感悟着时空一样朦胧的清新。它活跃、弥漫，久久不去……

那些岁月很远了。街夜深邃。

为着青春的日子里我们心底的约定，我走向你。

又走向你……

到处是房屋、街道、树木、泥土。流逝的世间曾有很多的人。在你离去的这些年，我们很庞杂地循环着生活。忙碌的日子去了又来。嘈噪。拥挤。我长了一岁，它们也长了一岁。积雪的新年渐渐近了。又是一年的麻烦一年的风雨。

这个年纪不用解释了。不太豪迈。看不清是过去还是未来的辛涩神情。天空的含义已经不是一缕带雨的学生风了。好与坏，本来就有比自然还要丰富的行径。什么都做了。不很光彩，也没有虚度的肤浅。生命潮湿的片段永远存在着。为着它，干燥的尘迹终将死去，只留下岁月和人生庄严、深沉的慰藉。

但唯有这个时刻是彻底的。只为着来看望等待重逢的你，很远又很近地相聚。

我们好像从未爱过春天。兴奋、惊异，在太阳下的嫩绿里喊几声就转瞬即逝了。欢欣是温煦的季节给予的。而在漫长的冬日，密林从秋天就开始空疏、遒劲了，北风习以为常地周而复始。这时，心绪如壮阔的河，如这岁月的深远，在冷灰的季节里顽强地流过生命。这是一种性格。我们总能寻找到什么，总要创造些什么。一次自信，一份奔波，一段青山蓬勃的人的愿望和激情。那是属于我们的秘密，也属于永远充实的叛逆的基因。

钟声响了。过去了。

你不会再需要我为你做些什么了。但我曾一次次需要过我们最后伫立过的那个寂寞的路边。它如今不再短暂了。绵绵的雨飘洒着。无知无觉的山野。仿佛从那以后就没有人来过。当年的秋天并不这般苍凉。那棵裸着苔藓的桉树倾斜了，高低杂乱的草蔓上摇挂着陈年落叶，天阴得如同延续不止的黄昏，风执拗地飘零……我什么也没有抚摸。往事很原本地留在那儿，使我疲惫的心境总有不会失望的思念。生涯太长了，太杂了，每一次踩熄烟头，注视着从前不曾想过会难忘的这片偏僻野地，仰头望树的感觉就完全变了。一点儿也不超脱，一点儿也不百感交集，一切在从铁道边雨草遮盖的羊肠小路上走过时，就渐渐消失了。

"我们这样的人很少了。"

"本来就不多。"

"这与我们无关。"

"不可能多。就像幸运。"

"当然。只要人愿意。人就能够做到。"你说。

后来你真的只是做去就是了。真的再也没有这种做之前或做不了而为自己壮胆的讨论了。

青春无知。知时又无奈地永远过去了。仅仅在脑袋里渴望什么是真正的荒废。委弃了一切禁果的虚伪和自囚的说教之后，什么都做过了，我们才感到好像什么也没有发生过。留下的，仅仅是复杂里依旧濛濛的年轻。

那个雨季很冷。这样的季节永远生长着干热里没有的浪漫，并永不认命，永不满足。

我说得太多了。因为和我的、别人的废话整整纠缠了一年。

我用自己的声音道别我们没有祝愿的新年。有一片灵魂生不辍辛劳，死也不安分。我不是常常想到你的。但即使漫天飞舞着大雪，这一夜也属于微笑的我们。什么都可以无所谓，但没有这一刻，我就什么都没有了。缤纷华丽的贺年卡写着别人的语言，另外的别人也能重复千遍，再密密麻麻地、干巴地飘忽世间；而我的，只有我的热血。你说过，别把不重要的看得重要，也不怕为了重要，自在地独行于夜的长街。于是，我们不死，一年，又一年……

我非"我"了。真想这样一直走下去，把新年的第一个马车辘辘的凌晨，永远留在后面。

有过这样的你，我比谁都幸运。

1987 年 12 月 31 日—1988 年 1 月 2 日

战　场

　　眼前的这些"男人"，在那些残阳如血的真实周围，洪水一样退去了。

　　枯蚌干蝉的黄波，掺杂着断了根的草叶，连同包装盒、废鞋、塑料瓶们，皱皱的，脏脏的，不知漂浮了多久，沤晒了多久，如今退得白茫茫一片大地真干净！这个时代，这些"男人"，这些"过程"，原来是逐着时运浑浊的泥汤沉浮在街上的。苍山如海。泥汤如垢。游荡的杂迹遗弃在河岸上。月光下，它们在归来的船边，蒙着依稀可辨的暗泽，像摆动在街上的无头木偶……

　　天是阴暗的。灰尘阒无声息。从气味难闻的华屋里，霉出久已不再的血痂，斑斑的如几口痰污。它们早已变了色，混在反刍的胃的馊气和臃肿的身肢里，在谄媚作态的笑意和公文般苟利趋动的面孔里，仿佛所有的山都塌了棱角，淤于沼泽水草一般……

　　朝匆暮忙，人去车来。不知何时，男人仿佛绝迹了。那些真实，那些记忆，恐龙一样史前。男人，只在远望的往梦里才能凝视，凝视着那荒芜、宁静的战场和他们陌生的气息……在那儿，西伯利亚零下50度的风雪，流放的依然是一如既往的灵魂。多年的木板屋嘎吱嘎吱地顶着风呻吟，油灯如目，冬树迷蒙，暴风雪覆盖着广袤的冰野，白昼也如长夜——十几年，几十年，男人们——画家、牧师、文学家、军人、工人、政治家、教师……许多有自己信念的人，瘦骨嶙峋，眼神沉郁，从故乡从街市从心爱的女人身边，被驱掳而来；他们疲于劳累，困于饥寒，不知多少人死于疾病，每一个十字架都是一只身心不屈、额眉坚忍的鹰。一群鹰。几代鹰。他们磨砺着，穷困着，煎熬着，准备飞离战场又飞向战场——在苦难的心脏，啄断黑暗的网脉，让它的神经溅落浓污，流出历史滴聚的青光……

多少年过去了。

从前破漏的木板屋孤零零地无人留意，只有肆虐的风雪依旧咆哮着莽莽的森林。如今，那些男人，那些残阳如血的他们已经作古了——但却是在我们这儿的街上作古的，在青光又是一轮变色的时候。这儿的四周没有男人，只有风吹送着那些关于男人的记忆的残屑，只有遗忘的忧愤和不信任的冷峻厚厚地垒砌着荒谬的城堡，蘸着一个异乡人四十余年牺牲的血。那是一双男人的手。一双痛苦不堪、扭曲变形的手。它最终将把自己的血肉连同世界一起剥落，留下白骨般的名字和永恒的敏感。他幽灵一般在城堡内外游荡，倾诉着不再有赴难不再有男人的挣扎和凄凉。这是一个男人对"男人"的失望。他的名字叫卡夫卡。

时代由于男人的失去而变质了。"平安旧战场"多么好，"荷戟独彷徨"又多么苍凉。而眼前这些熙熙攘攘的"男人"，还有人味还算男人吗？世纪初的诘问一次次在世纪末回荡，在城堡，在我的东方，在我们繁华热闹的街上。

这是一个男人的忧伤。男人的彷徨也该是"荷戟"的。男人永远只能征衣褴褛，满身硝烟，两眼血丝不去，不知疲倦地奔走在各自起伏的战场。然后倒下，让人们忘却，让蓝天荒野摇曳他们的血泥滋养的几处不知名的野花……在这些地方，在他们那里，战场是一脉精神，一种信念，一个"过客"的人生，一腔牺牲的纯粹，一次追寻的悲壮，一垣天地博大的气氛。男人应该永远扶着烧焦的残树一次又一次站起来，忍着伤痛，嚼着充饥的草根，在阴沉沉无尽的天空下，赤足断靴，胡楂乱发，隐约着他的女人所心热的熟悉气味，拖着倔强的身影，义无反顾，消失在铺满弹坑、堑壕、车辙、兵器的远方，像一面碎布缕缕、踉跄不倒的旗——他们也曾狂笑也曾戏谑，也曾放浪纵欢，也曾弹铗吼唱，靠着湿冷的壕壁痛饮击节，思念高山流水，忘怀地久天长……但他们命中注定，"从我记得的时候起，我就这么走。"（鲁迅：《过客》。下同）走得抛家去情，舍生忘死，涉过内心世界自我对抗、熬炼漫长的急风暴雨，来到秋月深沉、坚定的山冈。他们命有所属，生有独钟。男人的日子总有着冥冥神秘的本性原力和超越的胸怀，他们的骨血里蔑视一切非战场的卑琐和虚度，逐名和捞利，抽着烟，疾步告别"没一处没有名目，没一处没有地主，没一处没有驱逐和牢笼，没一处没有皮面的笑容，没一处没有眶外的眼泪"的瓦砾，一生都在风中雨中，向着海上路上，险境远方，志出俗心，草冢连天……

"我憎恶他们，我不回转去！"

风萧萧兮天地寒。男人，这样的苦难有福了。大地，这样的存在才有厚望。

世间这样的历史，古往今来，都是人类的幸运和辉煌。

1990 年 1 月—1993 年 8 月

中年的地址

中年。何以不再把张望当镜子来照了？

就这么着吧……

渐渐这样说。渐渐就信了。

日日人流，重复而过。

命数里牵念的那个回眸也望不见了。

岁月为证。

岁月沉默如金。

它曾说：任何年代都这样——不是失落，是填充。是有什么把芸芸"理由"像一日三餐一样塞向心间，几多不甘不甘……却又莫名地终于习惯了，终于没有了往昔生命橄榄的回味。其实年少的张望从未失落，只是淤压在哪儿如葬物一样怨眼欲穿。感觉不时流淌，感动却罕至如丝。人，不怎么样。寒心若此，那个游牧中亚细亚蛮荒的远古血缘，那个以本能视自由为金子的无忌童年，那个毫不掩饰地用情感和伤痛把梦想的火把举在路上的"符号"（知青）雨夜，那个喷着坚韧和炽欲像伍德斯托克一样撕践退化之胃的野性浪巅……点点滴滴，几时就被上苍收回不见了？白茫茫浮失了神秘的资源。举目蹙额，当年一曲夸张却真切、纯粹的珍贵节奏，一段寻觅奔忙又不知底细的年轻路程，一声内心的天籁在自卑和茫然中隐约响起的牵引，风风火火十几载，托举又沉坠，杳然得连凿凿的高谈阔论聚首难眠暗自握拳决心铮铮也不再偶然想起了！如今树挂残旗，雨打芭蕉，那么长的心动，那么久的音讯，就为了退化成一个关停并转、按部就班、思维臃肿、更年期一致、连语气也没有色彩的市井"大多数"之一撇吗？

然后将漂泊也偷换成旅游？影子狼藉，不顾走过天空的太阳还有什么意味？

孱弱而行。如此孱弱而行的余生在等待什么？

谁在那儿逼视我？
谁？在哪儿？

夏季。

哪儿的夏季都是一样的。南方北方的界线消失殆尽。到处都有雨。草木一团团、一片片，密得视野窄窄，蓬勃着深绿而潮润的气息。湿闷。流汗。天地间仿佛是蝉声蛙鸣的广袤乐池。无论什么时候、什么地方，虫子们都在扑朔迷离（它们原来有这么多家族呵）。它们凶狠，它们怡然，大热天里都回到了家园。细细看去，它们在自己的王国里那么真实、自在，大大小小，从不屑人间魏晋……竟连大漠也不例外。人仰躺成"大"字，吸着晨曦，热沙在赤身下返潮如席。这时早起的小虫儿就从沙柳那边向胴体"朝圣"了，形如寸梗，灰褐多节，干练利索，一步一步移过硕大的脚窝——它们不信仰什么。它们只在静透了的蓝天下穿沙生息。夏季就这样将童年和成年、太初和眼前、人和宇宙升落合一了。这时，记忆像一个怪怪的老祖母，端坐在那儿，秀的鼻、亮的眼、白发苍苍又丰韵出落……凡是能想起来的，都向她聚拢过来，涌动过来，蔓长过来，又什么也不诉说，只是听、听……似乎一切只剩下一个名字了——巢。

心的巢。

电视的巢。

天子的巢。

多少年都这样！

像冬日里主户不祥的猎狗，早就失传了信任的方向！

连同信任未来。

在这片陆地，未来也是循环的，好劣参半。

……

"我问得很笨。是吗？"

……

"你把一生的故事都带来了。"

……

其实不必说什么的。有一刻，巢正熊熊燃烧。

于是眉月年年记得这对大漠孤侣。

很久。他们起身。然后抽烟。看残烬正徐徐随风散去。

从此无止无息，一次次烧弃。

于是，"祖母"真正返老还童了。

大河。

大河在出走的歌声中挟雾浩荡。时而宁静时而狂放。又是无人归来的清晨。

　　……
　　去兮，去兮
　　为迷人的冲动
　　永远节外生枝
　　为母亲眼里的扉页
　　少女的梦想依旧马不停蹄
　　……
　　有人中途下车
　　是谁去向不明
　　……

歌声早已零碎。零碎的歌声正是歌声。上苍只信任是否唱得淋漓尽致，竭心耗力——肝肠寸断的张望，支离破碎的阴郁，俯身拢起、指缝间又难以载住的敏感，莫测又不甘的韶华流逝，亲切而矛盾的诱惑与重负……不必细腻、周全，不必注释、圆润。人生是一次陈述，一种粗糙，在白发垂暮的虫语嚅嚅省略之前，该是大段大段自我纪念的奇异乐句，用乡谣用爵士用傲骨用剖析用成年独具的魅力，沙哑地、来不及素描地完成一次本质的皈依，一回幸存的优美，然后任"家园"的丧衣碎地而去——那个骗人的鬼话，因为虚无缥缈，因为歧义，挽回不了人在现实的命运。于是失望，于是色盲，于是寻找家园却忘了家园本是不自由的同义语。而人与路是连体的，没有地址，没有分析，就像风，就像云，就像"家园"是那不可预测又有幸相触而落的骤雨……

家园在心。在心的家园没有"时代感"吆喝的软骨症！

吆喝从来就不是歌声。

歌声随婴而临，随兴而起，没有掂量，没有交易。歌声是乐句品质中那一代代个性如芒的重叠笛音——大河上下，顿时滔滔，心舞银蛇，原驰天象，欲与众巢誓比高。待来日，看浊浪淘沙，方见娇娆。

歌声是不会过时的感动难忘，中年长青。

她震落世故、成就的异化堆积。

大河，亦热爱人生。

逝者如斯。我在等你。

余晖时淡时烈。只有你的篝火总是烧到天明。

然后离去，我们一起。

"说好了。"

……

"走。"

本不该再说什么的。

我们。

在陆地某处。无名无姓。

1996 年 9 月

栈——冬的断片

　　他们再也不会跟上来了。不会。他的身后是那曾经的深深的峡谷。峡谷已经不存在，它退化成了街道。街道留着很多他顾不上忘却的人。各人有各人的指向。他们自然不该跟着谁。他已经没有精力再回首。这就是他以往深刻疑惑过的距离。他想，如果有一天他也要沉没的话，他一定沉没到海底，那深深的、蓝色的、有着许多游弋生物、有着许多光亮闪烁的海底。他将在那儿栖息，和鱼们、海藻们在一起，和进化前的祖先的祖先群在一起，不热闹也不提任何愚蠢的问题。

　　他早先是跟着他们走的，那时他还小。后来又一块儿走了很久。有一天他们相视着，他说了一句什么，突然悟到已经没有什么可以说的了。那么重要的话在他们和他之间跌落。很深的深渊。沉缓而清晰地推向了隔世的多元。

　　他低下头，一切都明白了。

　　虽然以后彼此仍然不时相晤，但似乎只有气氛了。

　　那个说过他走得太远的人，后来成了他的朋友。最早和最久的朋友。

他自己走了。走过一年又一年的冬天。

冬天，是思念的季节。

思念新识的友人也思念十几、几十年的老朋友。新的与旧的，都好像是很久很久以前的事了。

他给他们写信。他们也给他写过信。一切又都想起来了……外面，山就是山，枝柯就是枝柯，房子就是房子。一切都那么辽阔、自我。有凌汛的北方的冬夜，月光自然得庄严、寒远。没有灯多好呵——他凝望沾满思绪的霜在每一块有洼无洼的地方，在每一丝夜籁的声息里。他好像将从此背离衰绿离离的烟雨江南似的。那儿有他曾经生活了多年的耿耿不逝的小桥、流水、人家。

那条含沙很重的大河朝着月亮，泊在抑扬了千年的乳乳箫声里，任他不由而去。

兄弟。就剩下我们了。他说。

他看见陆地成了一个大当铺。箫声嘶哑着，吹诉一些年轮过后的模仿，争吵，著书立说……都不过是锯渣斧屑。很有劲儿的锯渣斧屑，凭借风的合理，在那些巨树倒下的时候，随即纷纷扬扬，以似曾相识的姿势、动作、语气和钙化了的眼珠子，问"高树晚蝉，说西风消息"。于是，"别有人间行路难"，又如何着呢？

天空总是摇头。去吧。没有谁能说清命运。因为命运不过是对命运的把握，就像荒谬是对荒谬的思考一样。这不是很透明的路吗？人们怎么就让命运和荒谬的鱼离开了水呢？

走哪。兄弟。就剩卜我们了。

他听到迢迢的一声催促。

很多年以后，他的墓志铭在海的那边溯大河隐隐而上。一缕呼吸必得在同样的月芒里才听得真切。上面写着——我们看不见的东西往往是最好的东西。

它们往往还在看不见的时刻里。

这就不同于当铺里不是作家是碰巧成了"作家"的那些手所写下的字据了。怎么看也仅仅是一份字据，无论在眼下还是将来。虽然即使是这样也没什么大不了的。

那都是一些没有东西的神话。

于是也是注定而不是碰巧的——他想到，原来是冬天把人还给了心。在河谷宽广、丘陵低平的北纬 37 度的冰野上。

我肯定哭过。他后来说。不知什么时候还会哭。即使是在冬天里。那时我流来落去的，没有人告诉我等到安定下来，你的一生都将享用从前经历的金子。它厚实得不会有一瞬的过时。他说他好几次在梦里哭醒，因为记忆里又出现了自己失手打疼了也是家破人亡的弟弟的情景——弟弟当年羸弱瘦小，只有八九岁，跟着他身无一文离乡背井，时常孤零零地在暮色中靠久久地注视一列列火车来慰藉想家想爸爸妈妈的怅惘和酸辛。无论是饥饿还是凄冷，小小年纪的他也从未以诉苦或流泪来使大不了几岁的长兄伤感揪心。可是他打过他，脾气太烈，脑子气蒙了，为已经想不起来的什么区区小事几乎打死弟弟，还心烦得恶狠狠地不许他抽泣。这不是象征，是确确实实发生过的事。他一生所受过的别人的摧残都抵不上他对不谙世事的手足作下的孽。还有一次，他在散步，和五岁的儿子在一起，突然被一阵胸痛触动当年却是在胃疼中忍受着的穷困、凄凉的磨难。凄凉这个词一点儿也不过分。

不然他不会一想起这些往事，心境就黯然、绝望，就觉得干什么也没道理，没意思极了。他一下子就深刻地感到了如果自己病重或死去，儿子那没有童年的心灵，那重复父辈之路的天意……

他把这一切写进日记里了。止不住笔，写得很多、很长，烙印入骨穿髓。从此就再也没有写过，再也不愿回想那些冥冥的感觉。只有远远离开它们的时候，他才能做事、奔波，用回忆挣些钱养家糊口。于是那些写出来的往事在他看来都不像是真的了。

所以，每当在拼命做着什么的时候，他就想，我肯定是在逃避。逃避得越久、越彻底，就好像越有力量。也许人就是非得有所逃避不可的。但那"力量"就是属于他的意义吗？

他为此曾恨过他的父亲。在那三十多岁的青年汉子冤逝很多年之后，他才懂得修改暴烈的遗传和效仿。他一直疑心多病的父亲对他的打骂使大脑承受了过度的神经质的刺激，同时也打点了他上路的笨拙的体贴和个性。

这真是天意呵。一段绕不过的泥途。

但冬天是果断的。你知道二十年前一个百余人的造磅秤的小工厂有多么简陋吗？在阴暗、漏顶的棚子厂房之间，有一块杂乱地扔满石类、铁类什物的空地，那儿飘摇着很原始的露天的小高炉。在风雪中，他得踩着吱吱晃动的旧木板架子，站在鼓风机轰轰震响的包围里，汗流满面，一身黑灰，不停地往木柴和焦炭呼呼燃烧的炉膛倾倒一筐筐沉重的生铁块儿。厂里的兄弟们管这叫"上料"。他在那家工厂里干了四年多——砸铁、喷漆、打磨、钻眼、翻砂、修理或安装台秤、磅秤、地中衡……叫干什么就得干什么，因为是打入"另册"的"贱民"。一个个五十斤重的砝码，一次次抬着上百斤通红的铁水包浇铸，一回回生怕又被"教训"的开会，至今历历在目。就是在那又累又压抑的当口，他才深刻地懂得了父亲的告诫——人得往远处看。多么朴实多么哲学的艺术！往远处看——高而深的远处，人与精神、天地、未来、历史、抽象与血肉的远处。这样一百十几斤的身骨和眼前的一切就会坚实起来。这真管用，比气功佛们道们管用。这很地道的信条后来成了他一生的情人，成了大河、海洋也无法相携的图腾。它就像如今总是萌生"望不尽的冬"的那些感觉一样重新创造了他。于是每到冬天，人就来到心在的地方了。所以耶稣为什么诞生在雪花飘舞的季节，人们为什么总在烛光和壁炉的燃烧里度过圣诞之夜，就都不是没有理由的了。

你还可以吃惊地翻阅日历，从11月到2月前后，历史上出生了多少艺术家、文学家、政治家、军事家呵……孙中山、贝多芬、巴斯德、圣女贞德、波伏瓦、罗斯福、门德尔松、狄更斯、达尔文、林肯、伽利略、华盛顿、肖邦、雨果、牛顿……这些比任何季节的生辰八字都要多得太多的伟人们，是上帝的钟情无意间撒落的细节吗？

将来，能够研究明白人与冬天的秘密的人，也一定是伟人。冬天的文化是极兴奋极有造诣和前景也极源远流长的话题。

等到冬天，你就庄严了。他说。

冬天，我们爱得很深。很苦。这是比初恋要圣洁要强健的深情。

他说，那时那人那儿，即使在沙漠里，你也不必去寻找水源。

你就是水源。

创造源。

力量源。

财富源。

人源。

神源。

……

那时，它天长地久地注释着真情始终不如深情的真谛。

"冬天好。"

真的。没有比这样的问候更感人、更深远的了。

1983 年 11 月 12 日，日记二则，1990 年 12 月 7 日改写

永远的舞

我该怎么倾诉你，我的灵浴之河！我又是在这样的时候才想起你。想起你的流辉旋溅在我的四周，分不出你我。我正从河里冒出头来，黑发滴落水珠，扬着湿漉漉的双臂大声呼喊着你的名字，年轻的胸脯狂起急伏……我奔跑起来，十几岁的身体裸着你入骨的清寒，吼啸的声音吐出多少年的郁结多少年的尘秽多少年做作的悲欢离合不死不活！我蛮进如太阳，荒芜的精血从此不再只有热量还有了源源的营养……那是十几岁？十六十七？一个怎样的年代呵——我们完了。不，舞台塌了。以后就没有再见过那样人为的只有喇叭标语刀枪游行和血的四季了。脚印在多起来。

却好像依旧没有方向。集结的人群改了番号（如今叫"以经济为中心"了）。但迸发的喧嚣里，口令照样一致，照样繁荣着萎缩也繁荣着实惠的膜拜。舞台不塌就更易麻木，更易耻辱。芸芸逝烟依然故我。

而我还能倾诉你吗？啰啰嗦嗦地。在这样的时候我又想起你。这样的时候没有生活，桥上没白没黑地震颤着车声，时光像废气一样倾斜着琐屑而浮涨的话语,我和我不一样——我仿佛在缓长的消瘦里等待。等待你的不仅曾经而且永随的沧海之水一次次渗进我的源头,融蚀雪山在怀念的晴空下,为着旅途奔流不息……我又听到了水声。"谁在敲门?"一位思索生命的哲学者说——起初,我们会漫不经心地询问(甚而厌烦),然后示意那个缠扰不休的陌生声音走开。然而如果幸运,我们终究能发现,正如波斯神秘主义者的寓言那样,那个声音在外面这样回答:"是你自己。"

是我自己?那么发现之后呢?那个声音会再次消失吗?会一次又一次响起来吗?发现了又如何?没有当年又怎样呢?……

在这样的时候,你就成了生活。为生活的生活,为旅途的刺激。

也许我听见得又正是时候。

我已垂垂浮矣。行行复行行。

月亮上已有了人迹。那个天才的"过客"已去了半个多世纪。这里铁屋子要不要开窗的话题似乎还是一个谜。

日日夜夜。欲说还休,欲说还休。

人——人在哪里?个人在哪里?

她们丰润、圆颀的身肢那时正撩开月光。云影说去就去了,森林也退得远远的了。仿佛是一阵又一阵的韵律、节奏拂出了这片山地——她们跳在升腾了千年的刀耕火种的狂欢之上。理性的光正从那儿亮起来!篝火的暗处,传来骆越先民的酒香和娃崽们嚼着甘蔗的响声。笙音落了。她们走向人群,仿佛要回到那些胖手胖足的日子。火光照亮了一片星星点点纯澈无忌的眼睛,她们游动闪烁……山民们又开始说笑逗趣,溪一样清悦、叶一般鲜亮的音质、情思弥漫在谷场上。黔山桂岭的玉稻香糯流泉飞雨山路林径野花奇果所孕育的野润身影,落落大方，走来走去——这样的血肉，本身就是舞。每一个身肢匀丽悦目的女人都是一种舞。亭亭的体内和谐地流动着美妙的柔音曼律，时时撩人心欲。然而有些女人漂亮是漂亮了，却不一定美。美是更丰富的存在和更珍贵难忘的运行。它天然、本原、清爽、高贵，没有长不开的心灵，舒不展的欲动，俗不可耐的权势"信息"积塞，没有一生中再真实再快乐的瞬间也总是浓烟大于微火的遗憾……

她们这时终于端起了竹筒，喝着、笑着、呛着，背对山脚下寨子里的油灯，在人群里等候着长者又一次的鼓声。星星隐隐约约。柴烟吹来摇去。断竹的生鲜味儿沾着露气时起时散。少年就坐在那堆凉凉的青皮断竹上，孤丛一般，趿拉着那双磨薄了底的旧草鞋，很生疏地随着又一阵笙声鼓点的律动拍着左脚——浑身的血又激胀起来了，胸气愈顶愈快，扑腾急颤而毫无知觉……笙鼓时高时低，舞圈时大时小，她又旋到少年的面前，盈盈的目光咫尺可触，向着山川月色向着世人向着无禁无扰的欢乐熠熠流溢，扑面而来源源不竭的光彩和透心的笑意。山民们随着她们羽化一般的旋转舞影放纵地呼喊起来了——

"噢嗬——噢嗬！噢——噢——噢——噢嗬！噢嗬……"

"噢嗬——噢——噢——噢——噢嗬……"

他们噢嗬的火山又一次掀爆了一坳身肢的宝藏——血肉、灵魂、情欲、心智、想象、希冀……应有尽有，惊心动魄，楚楚激人。围聚而乐的人群更嘈闹了。笙鼓又是一阵舒长、悠远；她浑圆的双臂开始尽力曲伸到头顶，凸健的臀、乳在张扬显露中倏地转为急剧不止的颤扭、颤扭、颤扭……仿佛欢欲的浆液正从托举的掌心瀑布似的漫涌下来，顺着黑发玉颈顺着腋肋细腰，在饱满的臀胯和移跳的长腿间八方旋溅，风一样鼓旺了场中的火堆，也鼓旺了少年身心汩汩推涌的元气，犹如梦中怀抱狂风中的树身时所经历的雄性的快感一般——它们不停地把他淹没了，把月光、山寨、火色、笙音、鼓点、断竹，颤成了似有似无的背景，只有她透裸的舞身在和他的亢奋相浴相流，如魂如血……

一潮潮从未有过的异感苏醒了。它来得正是时候。湘桂黔滇的流落和都市动荡的破碎，正载满一个瘴疠晦涩的年纪，一个死而复生的前兆！多年的思维坠落了。体内的一切烧熬在愣愣的目光里，只随着变幻狂乐的舞韵而移动，而彻底，而不由自主、不知不觉地吞没着湍急、强烈的呼唤——它似乎来自十六七岁本能的渴望，来自她们自家缝制的轻衫薄裤和无饰无缀的低开圆领之谜：它们朴素而简洁，可身又宽松；筒形的衣袖和裤管似长似短，垂拂着半截丰满的前臂和小腿，随着时而柔劲回环时而舒曼曲张时而快步如珠的野力，欲示欲掩，神秘而丰富。那每一块肌肉每一根骨骼每一条神经每一脉血管都浑然奔动在蓬勃盎然的身体里，精灵似的生长着又放大着自然的一切——花儿在飘香，大树在摇曳，黄猺回眸眺望，溪水清澈蜿蜒，风起伏着山岚，蛇随藤盘行，雁长啼拍翅，山挺秀而葱郁……万万物物明媚无边的神情，风风雨雨肃穆润实的背影，转来转去，时远时近，荡漾着人、衣、舞、乐和谐的天籁，淋漓尽致，无穷无尽！她们的肤色像晨露一样细滑晶亮，似乎终究要挣脱衣裤的象征，如月光一样将激情和欲望遍洒山夜和人间！她们摆臀、动乳、扭身、转臂、旋颈、踮步……无数纷纭起落的舞姿，腾腾仙幻着原始神秘的气氛！心和形消融了，一团一团的魂魄，叮咚在月夜下，群山里，滴着寒意，滴着断竹孤影的少年心中冻土涸辙一般的茫然——漂泊原来也是一种舞呵。一些奇特的感应终于笋鞭似的锐利拱上心头，使许多年后的少年渐渐明白了尼采为什么越是说不清越要反复讲述"舞"的哲学意义，这个天才没准儿就品悟过如此自由天然的舞韵！在奥玛哈斯民族的词汇里，"舞"即是"爱"，但丁也许就是从这里出发，走入《神曲》里的生命渊底，把"舞"从那儿解放出来，抹去它塌方的表土，露出肆无忌惮的本性和真谛的——也正是这时的无思无知无生存，正是在这样的月光蛮舞里只有本性和直觉，少年的生命也就更真实地验证并相信了"舞"的精髓……

时过境迁……

鼓点又渐渐在简单松缓的节奏里预示着什么了。少年站起来，这时看见她正低下头，倒走着让出一串仿佛属于童年的无形的脚印，一直倒走到人群的深处，才猛然从火光的暗影里扬起满脸清秀的欣悦，滑跃着，旋转着，和女伴们拉起了手，风车一样又绕起了清蒙如雾的高潮……人群里骤然响起了久盼的山歌，早已跃跃欲入的男人们缠头赤膊、吹笙拍鼓跳入了谷场。篝火燃得更烈了，劈剥冲天，柴尾吱吱冒出颤流的汁沫。一对又一对男女你呼我应，交流，挑逗，旁若无人地沸腾起来！像神话，像巫祭，像劳动，像痛饮，像调情，像做爱——心不由身，身不由己，如风似浪，自得其乐！周围的掌声拍出的节奏，涌潮一样起伏不息……男人们肱肌强健的手腿性急地拧动弯转，朝天一阵阵甩出心跳一般的尖笙快鼓，从欢悦的蛙步变为仰脖倒拍鼓帮的陶醉，又蓦地弓起前腿，靠着胯力的急剧起落，汗涔涔地接应着她们张合前倾的勃勃身肢——它们丰美润实，快活主动，野性本能，凸圆凹柔，似舞非舞——如果平时的生活不是那么自由纯粹，这样的壮美是不可想象的！他（她）们就这样相隔着几寸之距，蔚蔚扭腾着象征情欲和燃烧的身心，发出粗细不匀的透骨的大口喘息。兴之所至，情之所至，手舞足蹈，无羞无耻，忘怀张狂（对不起，我不能不用这样的形容词）。她们比雄性更雄性，比蛮健更柔韧，比男人更投入，犹如一派亘古无人天经地义至高无上的山山水水！……

这是何等的反差、对立！人原来可以活得这样自在开放，不滞不灰；舞原来可以跳得这么没有"观念""教养"和"表演"，甚至没有高卑没有社会没有历史和"语录"以及"大救星"的说教。舞就是舞，生命就是生命，瞬间就是瞬间，状态就是状态。原来所谓深刻、追索、探求、理性、价值、哲学等等应该起步并验证在时俗之下、本原深处；

原来人体、灵魂、自由、彻底是人世最美的精华最高的珍贵! ……少年深深地疑惑了。他那时还不知晓有人认为宇宙、社会、生活等等也是"舞",数学哲学物理抽象具体局部整体等等也是"舞",一切的一切,都存在着"舞"的形态: 组构、连接、韵律、节奏、运行、和谐、规律、天然……等等,因而一切都是有"生命"的,只能用"生命"和"舞"来检验。即使真有上帝,上帝也不过是一个舞者和舞的设计者罢了。

假若果真如此,骆越山民世代相传的"月舞"就活聚着人类没有被都市半都市文化所积垢的胚孢;舞就以其原态、肉体和动作先于音乐文学绘画戏剧电影等等而为艺术之源、创造之源、人生之源;"祖"字的原始涵义就在意味着社稷和性(生命)的密切根系的同时,昭示着"数典忘祖"的责斥,有着更深刻的反时代其道而行之的人类学视野;而一个禁锢着、退化着、做作着、歪曲着、利用着"舞"的民族就是不正常的……许多的狐疑和感受那时一片混沌,剪不断理还乱地弥漫在谷场上,像落叶残灰覆盖着杂乱无章的足迹——它们的主人是早已离去了,月亮也要从海一样空荡荡的天边依依落尽。几声狗吠在稀疏的木窗灯影里显得异常冷寂,群山和森林又渐渐万古不变地神奇、虚无了。这时只有孤零零的少年游荡在空旷的谷场上,不知去往何方。生命的亢奋越是一阵阵战栗难耐,深秋子夜的寒冷和饥饿就愈是实实在在。一切又都随着她们假象一般的歌舞燃尽了,飘行而去了——血肉哆嗦,空洞虚无,无形无依,只有冷和饿的感觉啃啮着骨髓(居然能写下这些痛楚了!)……少年走近隐亮的灰烬,吹燃剩弃的几截残柴,烘烤着一路无着无落的双手和倦容——他那时年轻得还能亲近和深触血肉的活跃和底蕴,还来得及索性撕碎斑杂黏稠的日子上路游弋,久久不归……何苦呢? 苏醒滋生的总是更深重的痛感和绝望,而路永远永远没有止尽!

夜风又从参差的蔗林那边吹过来了。野地里长短不齐的虫鸣一片嘈杂。

"罗斯蒙德。你要知道这个世界，就闭上你的眼睛。"

火星升散明灭。清辉空寂的茫然，永生永世，刻骨铭心。

十六七岁就这样命中注定地把他带走了。

背着一生的轻蔑和追赶。

1970年。流徙的秋。

我该怎样庆幸自己还有着你们的骨血，一寨一寨，在相遇的"蛮舞"里，独自寻找着自认的祖先？我是被迫和无意的。虽然也曾喝过三木碗木薯酒（碰巧是"三"），唱哑过喉咙，跺疼了笨拙的掌踝，吼得山夜茅寮和我一样如巫如兽，似狂似怨。我平生第一次挣断狭隘的"教养"脐带，扔弃功利的"理智"，光着上身披头散发跃入我的家族欢乐舞群的举动，究竟意味着什么？苦难是否也会异化？我那时是不是该留下来？某个时代某些生活某些职责在几万年的生命之火里，只是一斜浮散即落的尘埃，我又留恋什么？在我畸态的体内，是不是蚩尤的精血在失败了几千年之后依然不息地流淌着，才有后来的抽象之光复苏着我的"舞"的自觉（据学者考证，湘桂黔滇的苗侗仡佬等民族可能是蚩尤部落惨败后大迁移的后裔，他们在穷乡僻壤执守着远古的人性）？那些不伦不类的高跷，那些变质变味的旱船，那些"古装"襟袍的拘束，小脚人格似的步子，如捆如缠的手势，欲盖弥彰似动非动的扭摆，那些内心萎塌的神态，那些舞场灯杂的"表演"，那些佝心偻魂无欲无望连感官外形的冲动都荡然无存的"节日"文艺，那些钩心斗角灰暗凝滞的自癖油然外露的人生，来自何方?！何以几回回使我转目遥向内心，遥向我的云开大山大容山十万大山郁江黔江南盘江红水河的梅雨杜鹃啼咯的一口口鲜血?!……

真正的"舞"是极欲和悲壮的。它转瞬即逝。它根本没法记录下来。记下来就成了文学绘画照片电影——而不再是它的本原。世间所有的流传几乎都可以面对物体,面对死亡,只有它必须人面对人,心面对心,生命面对生命。它只靠生命传递、领悟和延续——生命即舞。就像痛苦梦幻感受思维文字等等也将因为所载之人的不存而绝对失真、消失一样(传记尤不可信)。因而生命的本质也只能是狂欢又悲壮的。它应该在它未失真、消失之前无处不在!在肉体、装束、目光、行为、神情、瞬间和永恒里,在白天黑夜彼时此时这里那里天南海北时时刻刻处处一切的一切里。它可能身不由己,外不由己,但不会心不由己,内不由己。因为心与内完全属于自己又是自己能够把握的。它也不会什么时候都身不由己外不由己,不会在自己的时空里仍是阴影重重病入膏肓其俗入骨,不会即使干得美极了对极了也浊浊散着不自然不自信的腐气,不会在牺牲的优秀光芒里留下太多的迟疑被动荒废和遗憾,就像伟大的老托尔斯泰一样……退化是会遗传的。一代一代的中庸一代一代的克制压抑迎合麻木无棱无角无思无欲急功近利机会主义,最终将是一种怎样积重难返的腐殖无信的文化?

非生命的成了常态,非常态的冒充着真正的生命,飞沙走石之下,绿枝安在?人类的进化生长安在?人性、社会的生态安在——哦,冉冉年华,我的山寨蛮舞,你如今可又别来无恙?

世间如此热闹,天地何以喑哑?

我又何以忘却?岌岌险殆!

他又听到了水声——谁的血在脉管里敲门?

人到中年万事休。又怎么还会有谷底奔流的絮絮激情?

"是你自己。"

它敲得多么艰难。

敲了很久。一如当年。

1993 年 9 月 5 日—10 月 6 日于湖畔

夜在当代讲述什么

激情，在一个失梦的年月，不过是分散了。它在空间是守恒的，就像权力整体地有限一样。聚敛就成了专制，分享即民主；汇合乃"集体主义"，散落即"个人主义"。权力和激情都不会消弭，永远不能消弭，有什么可如丧考妣的呢？然而财富然而生产资料然而地球，也不会消弭也不必悲哀吗？这是一个一切都不过分散了的年代？……她的虹这时被囚于氤氲中，肥皂泡一样一圈一圈，从小到大，很立体地吐出来，又弹簧似的收回去，周而复始，仿佛亦永永不会破灭。

在她无泪的涂抹和拼接里，混沌天地不是盘古一人所开，因为每一个圈的颜色都参差虚幻，五花八门……

数一数，她居然调出了 81 种色调。

你可以发现她不是在想，在画，而是身体里长出了无数的风车，头发飞旋，四肢星星似的纠缠闪烁，只有眼睛是牛状的，朴素而怪异。那是一头同样陪伴了你的埂边青春，也陪伴了后来的游子梦乡的牛。故乡的牛，粘着稀疏的毛，犄角挂满干泥，四蹄拖响沧桑耕作的鼓声，由远而近，陌生而模糊，却远不如你身上的刀疤复杂。然而刀疤也已成饰物了，津津乐道，白纸黑字，万能的膏药一般，贴在哪儿都包治百病。血却不知截流到哪儿去了。

而在她理解的远古，这样的种，是绝不能走出山洞，击石燃火，拧角拽尾——终于把牛驯服的。

那是神话里漉漉无"神"的一支情歌。似乎只有神才能听见。

后来就有人想驯服文字了。造书。秉灯熬夜，堂皇伏案，一杯茶，一盒烟，一摞稿纸，一支笔（抑或什么电脑，抑或一群美女一桌酒宴一套房间），无尽地、无源地造——谁相信呢？

然而有造就有信的。市场规律嘛。中国特色就是人多。林子大了什么鸟都有。越"纪实"越有信的。洛阳纸贱，何乐而不为？

然而古往今来，却是越不"纪实"的越可信，越不"实惠"的越是书。

因为"实"何曾写出来过，又何曾是"写"出来的。

秦皇汉武的心灵有多少颤动，多么不可琢磨？谁不知绝望只能"一切尽在不言中"？那些生前死后添油加醋的大刊小报又岂是活人的一鳞半爪？在其事其人其时其地的饱满丰饶之处，扬撒的讲话、语录、表白，谷干壳瘪，怎能充当传记粮仓的墙檩？只要伸开你的掌纹，你就不会相信这样造出的干瘪的你……

这样的干瘪不会诞生地球，不会诞生任何尤物，更何况书。

你的每一线掌纹都光芒万丈。即使是白痴，它也有如试金石。推己及人，想想从血迹胎衣到坟头骨匣的一生，就是忘得差不多了，仅仅拣起寥寥几粒记忆残渣，也够许多人许多书许多年俯拾的，它们又岂能造出来——越"纪实"越必然流产。

你百味俱全的光芒万丈——在那些辉煌了祖先的想象力和创造力，

已经腌在馊水里的时候，活生生的你不可思议，楚楚动人。

警惕那些书也是一缕光芒。悠悠万世，如今唯此唯大。

……

青春万岁。谁会羡慕谁？

都将是传说。从黄埔到井冈，从延河到上甘岭，从"广阔天地"到"特区"。只有家庭不是。家庭是无梦的实在，鸡肠狗肚，柴米油盐，装潢 TV，生老病死，离合悲欢。一代一代，扩展传衍。于是地球也终于翻新成了大家庭——地球村。一个多么规范、多么激动人心的乳名，像四合院的群落。

我在冷笑。

夜继续说。

寒光四溅，漫如旗语。

谁在焦虑？焦虑是一种毁坏。

我不明白，你们为什么老是"盯"着钱。咒钱和爱钱都是一种"盯"着。且捆着自己的耳光盯着——难道《论语》是山道赶牛的乡客编纂的吗？"解放路"是担浆扛包的苦力立意改名的吗？柳宗元的祠堂谁要求建的？关公的演义又可是撰于流离失所的樵夫之手？长城的象征是文盲大款所立的牌坊吗？……文化人，你们乱"炒"之前窃窃鬼笑，"炒"热之后又义愤填膺，判别人素质太低大赶时髦。你们永远一贯正确！百姓永远是芒刺在背的乱党。然而文化掮客了历史，这才是真实——那个瘦小的伟人没这样说，但他做了，嗖嗖地放出了不屈的匕首与投枪。

焦虑是一种建设。

钱只是道具——然而，我只有沉默。因为无论诉说还是阅读都要求层次的回应。你们人类不去掘台上台下忙碌的心态，不去辨钱而上或钱而下的人汁，一番死鸭子嘴硬，偏要去咬不相干的、推责卸任的臆想之敌——我又还能说什么文化的对手只是文化自己?! 千古奇冤——无善恶无价值的钱成了垫背的替罪羊，文化退化成了超党超派的宗教法庭，颐指气使，却向"钱"索要良家妇女的贞洁与清白。何讳之有？

另一个你们曾经信奉的所谓伟人之话，也因人为的界定而被懒于思索了：将来，他要用黄金盖厕所。而钱，只配去当厕纸。它本来就不过是纸，就如造它的机器一样，工具而已。借你们的一句老话来问：它们有阶级性吗？

你们的莎士比亚又何曾咒的是金子。金子又怎么能和咒语对质？

噫嘻! 堂吉诃德，改与仓房里的钱群肉搏了。

摇头叹息的男人多么愚蠢，又多么残忍。像百叶箱里那枚气象温度计。箱门打开，又"砰"地合上，被谁注入染料的汞柱，升降外界的刺激。即使它被咔嚓踩断在地也不过是一滴浊泪，且霎时就像接受指令一样干涸了。

而地上依旧绿草青青，沟涧隐隐，叶蔓郁郁。

字是文化的发源。方块字的"心"与"圣"的不可分离，在山顶洞人的树枝下画出了"怪"的涵义，就像"悟"的形与义，永远意味着独自一人的空间状态一样。大抵真正圣者的灵魂都必然与众不同，不可畅销吧。

我总是看见她一袭黑衣，站在有月的桥上，像饱浸潮浪后归岸的断树。她只在月倾西林的时候才穿黑衣，让影子折在如篱的桥廊上。影子是一种哲学，使一切都形而上地无常了：一会儿，圆硕的盘髻像一截刀柄，搁在残缺的盘上；盘子覆盖着裂帛，裂帛藏着积云；一会儿，积云又露出了飞碟的圆边，杂耍似的锉着战争轰炸后残存的石柱，血顺着十指流出来，那把刀，奇异地有着无数的钢锥似的尖刃，像一捆北国之冬里寒檐垂挂的冰棱。于是所有名山大川的钟乳石都血迹斑斑了……一个女人的影子就这样唯一起来，成了唯一的什么都有的见证。只是没有硝烟，没有血腥，没有庖丁解牛的剔骨声。桥上是一片手术室下班后的宁静。宁静在把福尔马林的联想和真实的潮味儿抽象着：影子解构如肢，其形状像一场凶杀或肆虐的做爱——许多的事，不过如此。卫道者压抑之，叛逆者加冕之，诸如洗礼、自由、美好、快乐之类，其实这不过是一丘之貉的正反对弹。天然的真实是没有理由的。意义只是它之前或之后的传闻罢了——就像青春永远只是它之前或之后的诉说一样。你们的戴·赫·劳伦斯也是卫道士，卫另一种道。

只是她不。她的血肉如流，月光似的环涌在影子的四周，宛若街市的遗梦。

桥把古典般的冷润掰断了。那些没有她的桥，水成了失去歌谣的粉脂——船儿和桨声在哪儿呢？你的山清水秀的情人呢？

哦。离别。她轻袂而行，缓缓遗落空旷的桥。

…………

死寂而眠的窗。黑黢黢摩天的楼廓。

…………

将来，会有寓言。将来，也会有曾几何时——不知历史是否会记下如此的民谣：

（那年头呵）
没有广东人不敢做的买卖。

没有四川人不敢打的工。

没有山东人不敢送的礼。

没有上海人不敢赶的时髦。

没有东北人不敢犯的法。

没有河南人不敢造的假。

没有安徽人不敢说的大话。

没有湖南人不敢抢的东西。

没有北京人不敢骂的娘。

……………

到北京才知道官小。

到广东才知道钱少。

到海南才知道身体不好。

…………

到哪儿都知道"关系"实在是少不了。

夜：跟我走吧。

人：我没有看到虹被困于圈中。"九"的顺序不会大乱。你缺少光。太阳将会出来。那时你在哪里？像科学所证实的那样吗？

夜：科学只能证实它能证实的东西。"夜"的名字是你们起的。科学只证实眼前我隐现的黑袍。你们的科学连你们也证实不了。

人：我感到恐慌，交谈就有了障碍。心不寒而栗。但我不想低下头，闭紧眼睛。我不想拒绝，不想无意识，虽然混沌是最有生命力的。你不要抚摸我的冷颈。我不累。你听，蝉声正炽，它们乐不思蜀。

夜：这是伤感。伤感是属于你们宋朝的。

人：如果是十年前，我可以伤感，也可以由我自责，但你不能说。说了就是犯忌，揭短。现在我能够承受了。我用了几千个日夜的内心熬炼，才得了这一粒粗丹。我觉得值了——因为我还是得到了什么。

夜：可你有几个十年呢？

人：但是人很多。

夜：什么时候人不多呢？

人：好像你变了。人间烟火的味儿十足了。

夜：还能这样思考，你已经很不错了。准备和你对话，我就已经输了。我不想拂袖而去，就只能屈降到你的水准。人间不是也说，"虎落平阳被犬欺"吗？

（人怔住了。他感到羞辱与愤怒。他要面子，而夜又是对的。于是，他尽力掩饰不是滋味的心情。）

（夜无所谓，仿佛对自己说。）

夜：不可能了。已经没有了那样的时空了——深阔又黑透的苍穹，古老而漫长的沉寂的野夜，神秘而惧怕的莫名气息；茅屋、树影、油灯、山风；敏感、孤单、虚无、纯粹、绝望、丰富，彻底又漫无边际的感受和想象：上升，飘落，坠下，沉浸，融化……像伏羲悟出八卦之前，灵魂肉体与天地一起空蒙虚幻一样。

没有了。在楼宅街灯里不行，公园与古寺也退化了，即使是旅馆的游子那种找不到自己，"我是什么"的绝望，也只是人性的皮毛了……

人：可是你……

（他想说，夜不知辩证法。夜忘了现在还有从前不可替代的进化。人不是已经知道自己曾经雄赳赳气昂昂地瞎了眼，互相厮杀着，并曾在几乎自我毁灭的核战悬崖上徘徊吗？不是已经警觉地球的狭小，疯狂滥用和肆意破坏是不可挽救的灾难吗？不是也为纯属造物的偶然巧合，依赖天意的奇迹，否则人早已荡然不存而战战兢兢，忧患而理性了吗？……然而话到嘴边，他又觉得不够踏实了。也许，总有一天，不是我，但总有人能够回答的。他观察着夜的神态，猜想它看不透自己的心事，恶作剧地笑了。）

夜也明暗相间地笑着，徐徐而掠。

……

名字这时没有了意义。窗框像峡谷一样延伸，劈开的山石光滑得没有一斑草木的杂影。

没有雨。

她舞累了。披肩的黑发像万年矿石初见天日的心境。那时世界还未认识它的元素，盆地不受雇于任何功利（即使这样的语言也似在污染她）。她的眼睛像春雨一样润湿每一块晒黑或遮白的喜悦之身，脊柱凹在匀称弹性的肩臀之间，弯圆如篮，像惊鸿飞落的花径。她不需要太阳。太阳下的三点式更露出年轻里萎缩的枯意。大街上袒得艰难的薄衫显露的只是一截截残碑，一截截不愿再做残碑的粗糙的怨气。它们在她白润黑柔的身段里消失了，消失在托腮跷腿的卧视里。她什么也不要，赤身如初。她望着峡谷。峡谷在奔走，奔走着她的思绪、心跳、乳梢和肌肤，像在白天模特生涯的舞台一样。银盈的激情随兴而下，携露带瓣，一路笑意晶晶，绕夜流淌……

"不会把你的欣赏给你自己，你就不会有兰的气息。"墙角的窗帘侍女似的静谧了。

没有钢琴，没有玫瑰，没有花前月下或逆境忧愤。那些异性相吸的夸张倾诉，那些砍头坐牢，依旧吟诗唱赋的功利浪漫，很早就轻松地被一个调皮地伸出的舌头撂倒了。它们曾溢得太不真实，远远不如一摞后天的病例。一些与生俱来、深不见底的诗血和热欲，岂是同样功利的记载所能偶像化的？……

她不是文化，是天性。我死的时候，一定一丝不挂，像来时一样。她望着夜遥想。

"不管外部多么广阔，所有恒星间的距离也无法与我们内在的深层维度相比拟。这种深不可测甚至宇宙的广袤性亦难与之匹敌。"

这不是她的话。她没这么深奥，她不知道里尔克。更不知道那些寻章摘句的人从不知晓它就生长在像她这样仰面自抚的身肢里，他们自己的身肢里。

夜像去了远方。人伏下了身子。不去管是否夜只承认他们是唯一的儿女。往事远在将来。史前覆盖了他们白日里半真半伪的宣言。他们是鱼，无羁无绊，烛影在鲎白相间的弓曲肌肤上，跳动着感应的光鳞，他们看上去像在黑云母石年代漂移的岛上。

沧海桑田，颠覆是一种返正。

有过不曾是深海的大陆，不曾是大陆的深海吗？……

这时的他们，像极一阵历史变迁来临的巨大喘息。他在向她的深处望去，那儿曾有过婴儿出走前劲舞的笛声。它现在沉寂了，成熟了，颤动着分泌的鲜润，汩汩不息。"你不能就这样离开这儿。"白天她暗示说。她渴望一个真正的纪念。当下的无距离才是将来相距遥远的意义。他触到了那个深处，那个所有人的故乡，冥冥如蝶。鲜花是裸开的，清泉是裸流的，然而多少重复、平庸的赞美竟视而不见，一味一点常识也没有地漫天聒噪——貌似赞美却把美扭曲和拔弃了。有如亮堂堂的月光，竟因为窃手偷儿的不方便而被诅咒成了罪恶和耻辱——当代什么都怕得罪，唯独不怕糟蹋美。最诗意的子宫也成了最恶心的词，做爱被逼上嘘声窃窃的绞架，从那儿畅游而出的恩泽在桑田里晒死了，骷髅了，再也记不起初衷的沧海……

只有他们，也许就只有他们，让夜把这一切都背走了。

他只管望去，只管倾听，血流湍急，为着永生永世记住从那儿来又将回到那儿的路上如火如荼的快乐呻吟（呻吟一词也被颠覆了）。她感到他在那儿撩人难忍的热气和撩抚，如游魂一样滚烫……身心就是广场，广场上所有的细胞都围聚着血的游龙，改天换地地翻卷放荡（又颠覆一个多么美妙的词！）。乐声和歌声已是一阵阵交织齐鸣，天地和日夜混沌撞击，快乐与梦想飞升旋绕，无形而有力——她迎上他追光逐年的跃入，迎向另一束更真实更雄勃更默契的眼睛——它不流泪而流血，不流水而流淌生命。他漂泊，漂泊，深海就在她身体的广场上，在那个毫不相让的深处，那个狂风暴雨的终端与起点。没有曲线，没有答案，没有屋宇，没有曾经、将要、别人、白日……有了就不是她所要的这个男人和她自己——只有光，血的光，燃烧的光，造物的光，炽热而疯狂……烛苗在这团倾力的激奋做爱里，像天国的一枚亮核，一簇夜也渴欲发狂的额心。"我在浪里翻滚，就像成千上万个乳房触摸着我的身体一样。"（福楼拜）……

她感觉到了。感觉到这样的夜，任何词句里也找不到，沧海桑田也平淡无光。

…………

然而他用词句写下了。他看见自己又伏向地狱与天堂之门的她的腿股之间，那深刻的谢意在哪里划出一道寒光：你算什么东西！

我算什么东西。我是什么？观念、规矩、看客或上帝？抑或一朵花，一汪泉，一棵树，一头鹿，天然无邪？如果我什么也不是，我又是什么东西？

但他不得不写。不写会更糟——那些已经写得够多的东西，欺人太甚，逼人逼夜太凶——它早就想叫我和它们所祭的语言哗啦委弃，无痕无迹，只留下那种不惧沧海桑田的浮游生物，重新进化为人。

一切要能重新开始多好呵。可惜永恒而至的只有你。你在你的萨克斯管里抑扬吹诉着你的向往，你的流风，你的精灵，你此时此刻和并非从未有过却鲜为人知的他们三位一体，相抚相慰地宁静。

夜在自个儿地吹。不管扭曲的心是否麻木，是否卑劣，是否暴跳如雷。

…………

夜：还有更重要的事吗？比如战争、自由、饥饿、死亡、真理？

人：你该拂袖而去了。

夜：你没有别的可写了吗？

人：你拂袖而去吧。

（你的那些词已经被搓拧得和咸菜一样了。一个比咸菜还咸菜的时代，吃不下也得吃，能够多少忍住饥饿的有救了——人像童年时那样想。）

孩子，远远地归来了——在肖斯塔科维奇也奏不出的东方旋律里。节奏仿佛从无限的放大里龟缩而至宫殿的门缝，一些似是而非的亮色四壁生辉：目光、月光、灯光、水光，抑或镜面和墙料的反光。孩子的肚脐挺着十足的电脑味儿，头发油泽雕饰，被一只飞旋的黑锣敲个趔趄，身首异处，又嘻嘻复原……

这只黑锣有些年头了，不伦不类，却洪亮、结实，似乎刚刚跳出槽沿残缺的化妆池，挂着恶鲜恶香的奇味儿。孩子却早已习惯了，也迈着苛求的步子，高人一等地盯着不必再解的公式，每敲一下，他就背诵一句，振振有词，心不在焉地分辨着格外受到推崇的锣声传出宫外，传向街市。街市有他操劳的父母和兄弟，他为那儿的赞誉而恐惧。他心虚地把罗圈腿架到脖上，仿佛满脑子的问号显灵在光天化日下似的。他套上那双藏在壁画后面忘弃了很久的布鞋，很不圣洁地抽起了烟，四仰八叉地躺在讲台上。我是我，风是风，隔膜而太平。他突然想踹倒那只在宫柱间穿行自如的锣，那只话覆盖着话，字重叠着字的锣。他想得心沸脚痒。我和风分离，字和意义分离，书和生活分离，痒也和脚分离……整整一个夏季，大调在流汗，呼哧呼哧的，它也怕这面锣？……锣声警觉地发出一阵紧似一阵的啸声，震得小小的身影痴痴心乱，没来由地骨碌而起，朝着不知什么地方，跪下一个劲地磕头。宫顶摇摇欲坠，锣声叮当自响。"挺起你的腰杆来，要有骨气。"他妈的，它又这么说，它怎么总是对的？多少年都是对的。可刚才它潜入化妆池的"啊啊"抒情，不也是长不大的哀号吗？……

宫外，不知发生了什么事，到处是被挖开的路面，新土逶迤；到处是脚手架，冷冷地摇着吊车、搅拌机震过的余响。声音里又驶过了汽车。又偶然响过一截一截的脚步声。

锣声无恙，夜籁无恙。有恙的只是在拖音里睡死的孩子。

他在梦里跌下化妆池，锣却消失了。

你走了。不知去往何方。来不及问一句你的生卒年月。你被那坨殷红的色块吞没了。只留下无数的岁月依旧栖息在这里，在那些不明不白的线条、形状、话语、故事里游荡，支离破碎，错综又缜密，混沌又清晰，深刻加草率，沉重连着轻易，似有似无，像极一阵又一阵口号的你死我活的特征……

你曾哭过也曾笑过，曾阶下囚也曾座上宾，曾入世如焰也曾出世灰暗。"明天是哪天，永远有多远"——你的血，刃刃不同，浓淡杂浑，任人评说。深涧、峭壁、沼泽、林莽早就失传多日了；鸡狗牛羊稻黍豆麦，终于家生在立体的太空站里；原野上的电闪雷鸣，炊烟里的林径池塘，都移到外星去了，连婴儿也是试管的翻版，从此再也不必张贴寻人启事的瑶乡"路榜"了。

明天是今天，永远在眼前。夜如白昼，日历无年。

只争朝夕，谁说鸡毛不能上天？

你拒绝分析，因而完整而真实。

你既不真实也不完整，因为语言也是一种分析。

…………

如果离不开，那就索性进入。

这是最后的行为艺术。

卷边的地毯，图案旖旎，若虚若实，影影绰绰；你拧着它们的翘角，分不清哪是绒面哪是灰尘。你把它们滚成蜈蚣状的一溜筒队，高低不平地睡下，像一枝呵气的马蹄莲，一脉插花而非繁衍的平安命运……

你是谁？又在哪里？何因何故，要想象夜的遥远时刻，想象它正漫漫丰盈如一麾麾魔旗？你是音乐还是回忆，是感应还是神祇？在所在的语言都不是处女的当下，谁说过的——在经典的巨大阴影里，后人不过是因为有着走不出它的恐惧，才以胡涂乱抹、打滚跺脚地反抗来求取自身存在的价值。精疲力尽之后，不是险于绝崖深渊就是惊叹未出如来的手心，于是更显出经典的巨大和后人无奈的悲壮。然而果真如此，还会有核能，还会有那幅咬紧牙关，用余生的精力和掣肘的双臂、当嘟嵌血的脚镣，不屑苍天、负心不悔地死搏的那副木刻吗？它确确实实地挂在那里，经典的巨大就是从那儿诞生的。它就是核能。它的存在不像炸药一样倏地爆炸轰动，然后烟消云散。它被积蓄在时空和进化里，像核电站一样一点一点地释放能量，且自我增殖，在一代一代某个心有灵犀的夜之子那儿，唤醒繁衍的狂欲，阴影的消弭……

这时经典平常了，地毯不再是对大地的仿制与回忆，夜也不再只有一枝马蹄莲的点缀——一个没有真实的年代并不可怕，可怕的是发现不了真实的年代。

如果你进入了，也就有力气离开了。

就像走进可疑的世界，世界就一钱不值一样。因为你也是世界，梦也是世界。在夜的麾下，她们荧荧发光。

自己的光。大路的光。骑手的光。

残缺也裂帛的光。

1995 年 3 月

三十岁札记

致楠

我走近你的坟。轻轻地，脚上沾满北国的泥巴，身上是命运猛抽的鞭痕。

18朵野花。我亲手采的，带着泥根。黄灿灿的花瓣上，升起了18年思念的药香。

我没有忘记。不能忘记。在心里产生的，都是刻下的。

风雨之夜，我在异乡听到你孤单的哭泣。荒草野藤，压倒了泥迹斑斑的石碑。青山寂寂，蝉嘶鸟啼。雨后的骄阳烤烫了水洼。热风吹过，樟树叶上的水滴，漫进我裂开的心里。

你活着。清凉的夏夜，静谧的校园。枇杷林里有幻想的星星。我们躺在潮湿的草地上，看鹅山托起明月，照亮袖章金黄的字迹。

你说，那时，普林斯顿的冬夜很静。雪覆盖着积木似的房子。有一片树林你只去过一次，是在就要回国的日子。

风呼啸而过。像我们一起骑车去郊外。头发扬起来了，我们赠送了初恋的眼睛。

年轻的夜不会再有了。藏着小河般柔亮的心愿，你倒在黑色的血泊里。

枇杷林荒芜了。

18 年不眠的夜。一代人的风雨。

收下这束野花吧。在岁月覆盖血迹的时候。

历史，不会是遗忘的荒坟。因为，我活着。

1986 年 8 月 18 日

人都是要死的 ①

——答一位朋友的《命运》

磨盘打碎了（很久以后我才知道它是磨盘），粉末在眼里爬。荒山夜雨淹没了铃声。我把油灯拧向天空，烧毁了弥漫的封条。

原始的血相融了，幸福而残酷。光明剥去了心上的褴褛，连同墙角发霉的讥笑。

十年。那个永恒的瞬间成了瞬间的永恒。我懂了，没有磨盘我照样生活。

我回到街上。失去了什么？没有。没用的垫了脚茧，有用的成了桥。我去找一个个我需要的短暂，让它们生育，然后死掉。我轻松地走，有时有点孤独，但风不再把脑袋刮落。

拨不开所有的磨盘也要走，打不碎所有的磨盘也要撬。几本蓝眼

---

① 波伏瓦问我：你懂得这句话的意思吗？

睛的书不是身上改装的包袱。是手，是钟，是剥出造化的子夜。

芝麻花又开了。蛐蛐不管有没有冬天，唱累了就睡去。

我们都是写不出"啊"的人。沉重的相依，年轻的相逢，畅笑把当年的朦胧沙一般默默吹去。

没有乞求就没有伤痕，没有枷锁就没有悔恨。从来就有坠落，地狱也就不再寒冷。失眠是为了活着，活着的一切都叫皱纹。

连皱纹也别去抚摸，看见了就咽下去。有了哑巴才有会说话的人。

所有的人都有皱纹。但我们的，是我们刻下的。

没有叛逆算什么年轻时代。只要有恨，就来得及。

不再需要许诺，不再需要希望。希望也是逃避，没有许诺就没有退路。即使那辆车烂了，草丛里打泼无数星星，我也决不踏着磷火回去。

别来提醒我。别说简单的亲切、惶惑的美。月亮一刻也不会落山，太阳日夜在地下运行。鹰活着不是为了升腾，有时想着夜空，常常冷视同类。接踵而过的是人的气息，可怜连溪水也穿上"皇帝的新衣"。

那双书生的眼睛早已成了发黄的插图了，你收下了它，有人就丢失了，不去想丢失在哪里。

但我理解。理解儿子，连同那封收回的信。

一切只有说不出也写不出的时候才真正属于我们，属于匆匆忙忙的四季和干脆的江边的酒。

1986 年 10 月 24 日

突然

落叶是日记的故乡，留住长街的晴朗。突然感到创造的壮阔，兴奋地走着，走着，又走进一片遥远的惆怅。

突然就觉得她很美，像一段默契。木屋就是天堂。相视着，同样的旅途，同样不知道来自哪里，去往何方。

突然在风雪里筑起力量，不再缩紧肩膀；突然知道这就是告别，独自走了，独自留下。

夜，越想越长。

突然得到了，又突然失去；突然岁月如潮，又突然戛然暗哑；突然被感动了；突然找到了知己：一个真谛，一个愿望……

一句话神秘而降。

一封信未料到源远流长。

一页书慑住灵魂。

一刻间有共鸣也有伟大。

一个清晨，悟透了零。但我绝不走向负数，听从佛门的戒诲，哪怕它最早说："转念乃一刹那。"

突然感到一瞬也是一生。

有突然，就有取之不尽的年轻。

1987 年 12 月 1 日—18 日

来历

——寄大洋彼岸的友人

所有的词都有锈。无锈的是血腥的皮肉。热热的是青春，软软的是沙土。不死不活的是埋到脖沿的头颅——风雨无须愁。

新泽西州纷飞的是今年的落叶。那一夜，岳麓山千年的古籍没有点燃御寒的火。你该懂，铁器的沉重不是激光的烦恼。

那本日记还在。绑着的"八九点钟"，我们做完了一辈子的题：儿子等于儿子，爷爷加爷爷的总和等于父亲。先有模子后有子孙，捏不成也要捏父子兵——上阵的遗训。

今夜好热闹。喽啰们在炫耀贩来的香水，掘出的泥娃娃。他们累得够呛。咬定货价不放松，任尔大海晚来风。

世界又有一天消失了。我转动自制的地球仪。

明日考古。

你说，今年花胜去年红？

别忘了，铁板不是弹簧。自由女神只有一个。浏阳鞭炮，年年月月，遍地开花。

一封信，我老了十岁！

乌云的价值。

1986 年 12 月 9 日

就这样

——给一位不事写作的朋友

精神是被迫长大的。何以如此？

我的风车是房屋、街道、嘴脸，没心没脑没血。只要我站起来，它们就用皇历的麦芒蜇我的喉管。我已经跷着二郎腿算了很久了，今日要告别纱布，告别中风的连绵。

我说过，你的对手只有你自己。好心的兄弟就从青春的地窖里白送一支老堂吉诃德的老矛，晾一屋阴魂不散的无奈烟圈——给我，给你，给岁月（先给他自己）。

我可不管。用鞋底蹭去扭曲的苔斑，发现老矛的原气，味道不坏。它在那个世上活过，这就有缘。我把它扔进私炉，火焰咬牙切齿吐出秘诀——对麦芒，你要比它更"坏"。懂吗？更坏。

从此我讨厌"好人"这个词，讨厌遍地聒噪的"男子汉"。这把人单一化的新模式，害得我的兄弟得了癌，个个滑稽得像瘪了气的正人君子、酒囊饭袋。老矛打翻了酒杯，立即悟出了不是琥珀的虚伪（请留心）。你随意走出任何一扇屋门——转身回去，每一次绝对听见从未节省的诋毁。很好。这就还了账了。今生不再欠一文酒钱。

我炼我的炉。地址在不老河边。想逃出麦芒、房屋、街道、嘴脸，才是罚不当罪的风车大战。我不愿。只管运超脱之气淬火加力，趁热把合金光针阴险乱撒，反正用之不竭。嘿嘿，喝水的老堂，如今该用麦氏咖啡消遣了！扎伤那一堆它们，悠悠的我们就去爬山。你跳迪斯科，我睡忘川。山间鸟鸣人不至，宇宙无我无你无自然。奈我何——灰城闲言又方又圆。

为了就这样，我们活在世上。

就这样。再见。

1987 年 10 月

1966——二十年祭

那一年过去了。活着的眼睛什么也没看见。

那一年又过去了。

黑夜说，是我送走了白天。白天也会说，是我埋葬了黑夜。

你就是白天。你就是黑夜。

鸦幕下，浅薄的细胞在等待，黑夜便小心地实实在在。然而中午，所有的嗓子都叫了起来，同一腔调，同一呓语；哭泣、控诉、挖苦、带着征服的暗喻和卑贱的豪气。

你们不配！空空洞洞的凯旋。

那一年于是安息了。啊——总算。

但是那一年没有过去。

你，不会回头。

1986 年 8 月 18 日

一种声音

一种声音，注定是没有历史的历史。

一种声音，到处看见聋子和瞎子。

一种声音不是寻找奶头的焦虑。

一种声音，在重复的"废话"的重复下，熔成荡浊的空气。

一种声音把挨打的臀凑挤为脸。

一种声音……

一种声音，从高八度压进脊梁，不讥笑不汇合，孤独地孕育新的世纪。

一种声音，悄无声息。

一种声音，仅仅是声音。

一种声音……

1987 年 2 月

晨聊

——与一位哲人

生命不用翻译，不必流行。谜就是谜底。你告诉我本来我是谁，我就不再崇仰任何一个和我一样的你。沉重的洗礼廉价地免了，三十岁的我愿什么时候出生就什么时候出生。

看了你一会儿，这就够了。一百四十年近在咫尺。上帝死得艰难，你喊得更艰难。找到了古堡时代在哪儿告终，我就走出了没有血性的历史。这历史没有脾气，所以你生在勒肯，也埋在勒肯。如果卸去了那些舔着舌头的事件，我就白白复活了自己。三十年不吐几口瞬间的血（从此我喜欢血了），灵魂的链锁就是一个个灰色的"O"。太阳在上面放光，一茬接一茬筑窝生息。白垩纪的家园在哪里？

别和任何东西去狩猎人性，自己的生态就不会尴尬。出走了大泽乡那声祖传狐叫，山上山下，都是狐狸。狐影幢幢，长不大的人生生灭灭，咿咿呀呀泊成了一摊物质不灭的定律。

用一生喊完"上帝死了"，你就再也没有苏醒。上帝真的死了？但你却活着。看见故乡的人不再深深浅浅地不知该干些什么，屋里真实，出门也真实。悲欢离合没了"艺术性"。要看戏必须向东走很远。那条熙熙攘攘的街正刮着会意的寒风，注释着一个个提黑包工于心计的影子拐向哪个府邸，爬向哪个等级。长寿不足奇（且无忍耐）。

你不是文物。安葬了你的上帝就来了。黄土陶陶（好一派），魔鬼在哪里上岸，哪里就需要魔鬼的无"礼"。不需打量，跺脚的侏儒天生吃错了药方。

这就完了。

那些书有多少铅字就有多少看不懂的先生（艰深得八辈子也读不了一半）。

我们都不轻松。

走，去练练拳击。

1986 年 12 月

烟斗和积木

　　如果还有种子的思考，那是早年压力沉重的硬土上覆盖茫茫冰雪。人迹稀少的季节，被囚的茅屋里没有诱惑，中止了留念。

　　蜗壳风化了。离开芸芸沉溺的疆界，我感谢时断时续的暴风雨。东歪西斜的狂树下，它强迫受伤的手左拧右捏，把泥泞和落土的心都塞进肋间。从此，不再筛捧尘埃，不听从繁华而迷离的杂乱。无谓地，在路上把偶拾的干枝一下一下折断。

　　这个年纪，朝霞和冥暗皆淡然了。我咀嚼识愁的豆蔻和不识愁的秋眠。"你，把我一个人留在这里了。"千山万水，一泬夜露不逝的野塘，在我的欲望里归还我不会绝迹的原野。染透霜林，绵延在前面那些活着的故事里。

　　这就不啻为收获了。

　　呛人的，魔沼里的卷帙里，有微笑的精灵。

1986 年 8 月 18 日

塔希提岛

　　塔希提① 是一个时辰。

　　人有几个二三十岁？

---

　　①　塔希提岛：保罗·高更的归宿。

整个城镇一片虚伪的四季。同污冒充对立。"教养"踩死人性。做作的语言将情欲捏成沙砾。战战兢兢，角落缕缕淘汰的诗句。蹒跚的光阴付给干瘪的轮回了。高更在憔悴的沉默中愤怒。塔希提，生长冲动的葱郁，生长一望无际的人生。他去了。

他去了。什么也不必付出，只须尽情地放弃。

塔希提在神秘的快感中拥有一切。一切又在画笔下逃脱了。丑陋？野蛮？炽热？深刻？嫌恶、诅咒、突兀、震撼……固定的日子，重新流动混沌初开的史前赤裸的魅力。画布复活了。被修改的城镇从此不再冤枉野欲，还它知己的公平。从来就是人创造罪恶，再卑鄙地诬陷塔希提。蜡质的历史厚厚粘牢大自然最活跃的肉体和人心，迟滞了成千上万年！直到出走那丛一无所有的红胡子，那个棕色的身躯只扎一块"帕利欧"①的叛逆。

他死于麻风病——一个天才的幸运。

保罗·高更。痛苦者。欢乐者。他完成了。

人，只有一个二三十岁。

这个时辰后来支离破碎了。露兜树移到街衢，花瓣边有轻拂的行人。不。决不！有一个地方，纪念不过是永久的决意沉沦的华丽。高更的血性还未束髻，就已经湮没无闻地圆寂。几声微弱的理解，只证实家庭和修道院皆不是纯粹的是非，但又是纯粹的夜曲。他们只会悄悄地从《月亮与六便士》那儿抄袭。

塔希提太遥远了。

要来很大很大的风雨，干涸的市井和节日，才会茂盛清新。

1988 年 4 月

---

① "帕利欧"：岛上土著人赤身裸体。扎在腰间的一长条蓝色或红色的自织粗布叫"帕利欧"。

回答女儿

他是一个寻找不到的思辨。是一面残旗，有斑驳也有光亮。倒下的时候，称不出分量。

别去树一本今天的牌坊。

思想从来就不是圆的！

他只说了一半，另一半也就说完了。

他是挟污的江水。是规律。是深耕千遍的单纯。他发现几秒钟就是世纪。细菌们以 0.0001 秒计算一生。人的概念，只在最狭窄的桥上困难地徜徉。

他那时正读中学。未卒业。

后来当过插队知青、工人、大学生、教师……矛矛盾盾又始终如一地活了这些年。也许还要在深寂中走下去，直到做完他心中早已想好的一些事儿。

他是一个男人。走过这样的岁月，要有尽有，怎么想象都不过分。

没人能理解。

所以死，值了。

1987 年 1 月

未死的 1892 年的体验

冬天，矗立着凝望的长夜。

混沌坠落了。

列维坦集结所有的意义，十二月党人活在掘墓的荒野。

阴天褴褛。褴褛的阴天出发了永恒的勇气。

没有人的晴朗。

火沉默许久了。

宫顶的黄光抽搐着，三分僵硬，七分破裂。

炉火在远方。远方扎根了少女沉重的"再见"。

"再见"。

背影和过去告别。

未来开始了。

灵魂相信，自然将站在自然的一边。

被传记曲解的抽象在无人知晓的珍贵里被从此忘却。

冬天不死。

不死的冬天吐着带牙齿的血。血流着那个年纪。那个年纪一定拓宽岁月。

前面，不是墓地。

不是纪念。

1987 年 1 月

有一年冬天

　　也许，我们不该相识。茫茫人海，多少人错过多少真诚。

　　一章没有名字的记忆。细雨打湿了多年以前的百合。哭不出的涵义。我们的十八九岁只有我们懂得。堑壕。茅屋。青春，很涩，很沉。我写下它，就交付出去了。然后上路，追赶不回头的朋友们，苦征余下的半生。

　　人流。匆匆的20岁、30岁。霓虹灯敲打驿铃更鼓一样的陌生。

　　我永远无法明白。你怎么能读懂一个逝去的秘密。那一刻你在哪里？围着炉火的雪夜，遥望秋野的黎明？你一定很美——他们的记忆没有声望。你用灵魂把两段天壤的历史融化在沉思里。用一尊缄默，一脉属于你也属于我的永恒。

　　但我要去了。忙碌会难得一顾更年轻的存在。我们没有时间。昨夜，为了道路的迷茫，跌倒，诅咒，和自己争辩，头发白了。每一步都很累，很难。

　　但我盼望你长大。在复杂的季节不枯死萌芽的今天。宿营的时候，我会想象那座小城，那扇树影稀疏的窗和朦胧的目光。灯下，会唱歌的手缓缓颤动着丰富的思绪，使我想向你讲述往事，讲述我的红土历历的故乡……

又是一年了。也许，我们永难相识。但会记着。

故乡。后人也许根本不会知道她在哪儿了。

1987 年 12 月

　　未料及，《致楠》(《散文世界》1987 年 1 期）能触动没有经历过那个时代的年轻朋友们。一年了，以此作答。

领　地

　　她由来已久了，不知有多少自重自为的世纪。那时，山谷里到处都是古老的年轻，纪念的鲜润。蓝色的想象，雾一般在巨石间湿漉漉地飘荡，神话的大树蓊蓊郁郁；那些传说，藤蔓似的在枝丫间绕来绕去，倾听着一阵一阵山谣的风鸣；湖边长满童话的异草，卷丹似的开放着楚楚的星光。粗老的树皮上，尽是苔斑一样的眼睛；周围呢，目不暇接的是奔跑的诗歌，沉郁的悲剧，潺潺的音符，依稀的绘画……她们如鹿如岩如溪如花。造化时而呼唤着她们激情、血性、创造、浪漫的乳名……

　　而夜路边，越走越路险的去处，就是文学的晒舟和木屋了。思想的月亮正从那道瀑布上升起来，生命的土壤也晶晶莹莹的了；氤氲上的蓝天，因了它们而滋润着美和意义，清新得经络分明……年复一年，坎坷的路走到山谷这儿都自我了，强健了。因为这是灵魂和精神的领地，四季飘散着花香的精气。山谷是地平线上人类唯一的自己的摇篮和源泉。她的消失和沙漠是不必讨论的。因为这是最早的和最后的风景。

这风景很久很久了。很久很久的珍视。然后上路，然后总有人在哪儿深情地说：哦，艺术。你好。

于是，思念的气息和神秘的颤动就飘过来了。

报应是永远的。答谢也是永远的。

最早的，最后的。

很苦很难的年月，她也曾凋零。那时罗马正出兵希腊，成吉思汗不久还将扫荡欧洲……然而从前的每一次砍伐都不是占据。曾有过的衰败之后，它又自生自养地进化、长大了。山谷郁郁葱葱，深湖又是一片静谧。

终于惊醒她的是后世的推土机排他的轰响。这个庞然大物面无神情。钢筋水泥开始沿湖林立，时隐时现的领地被没有签字的一份卖契强迫分割了。那个狂妄的现代侏儒摇晃着便便大腹和四肢，目空一切地大撕大嚼——这一块给广告，那一份给服装，电视也有一点儿，居室装修，烹饪，政治，地铁，嘴皮子……别吵！谁都有一点儿！多乎哉，多甚也，要有尽有。君不见，多少年山谷不都是取之不尽用之不竭吗？叽叽喳喳，摩拳擦掌中，谁都雀跃自得，久久不愿转身散去。好像山谷的繁茂，她的一次次砍伐和再生，不是由于她是领地，因而永远可以自重自为似的。昔日这儿的精神漫游和旅憩文明了一代又一代人，难道就是为了如今的物质分割和"全面专政"吗？

大刀的短促突击换成了窒息铺天的"橄榄枝"。烟囱的浓尘扬扬洒洒地落满山谷。想象的清雾，这时被迫踽踽着呛人的杂色了；即使已是断枝残桩，也仍被掘沟划界，一片狼藉。神话正被遗忘，传说燃成灰烬，童话正好印在包糖果的盒面招摇过市，文学、绘画、音乐委弃于地，风吹雨淋，馊了，腐了，浮着褐色的化学废料汩汩流入千家万户。悲剧呢，最好连根拔起，像嘲弄祖先一样，变苦难为看杂耍时发困的诱因；浪漫嘛，和那些界碑一样砸碎了去垫实用的墙基吧；叮叮当当的钱币的卖弄声，早该覆盖无用的啁啾的鸟语了……万家墨面没蒿莱，光怪陆离，舍我其谁！让那些叫什么艺术家的看林人见鬼去吧，给他们干瘦如草梗的身躯一杯仁慈之羹，已是出了奴婢的高价了。什么美的、生命的、意义的玩意，缩小到变戏法的小丑圆帽上的点缀，已是最大的物尽其用了。难道，难道，难道，难道走在贫瘠的水泥重压的肥沃土壤上，不方便不痛快不进步吗？

嘿，子夜煨火者，世道变了！

变了？没有山谷，何来世道，又何变之有？

煨火者不屑一语。与"世道者"如何能说清天道大于亦早于世道？

占领与分割的一锯一斧，举世无双，横扫千军如卷席。天赋亲切的领地，早就在等待易主移民了。

车轮滚滚。我们来了。这是末日的审判。

不必问谁给了我们审判的权力。

我们名正言顺。蒸蒸日上。

沧海横流，逆我者亡。最早的和最后的将被征服。

人是什么？过时了。

爱情？喷饭的迂腐。

艺术们如果仍是主宰，复苏和升华的艰难与长久，终将可以证明。然而这证明却是比战争更残酷的悲剧。

但它又证明悲剧是存在的——艺术在怒放。莫大的嘲讽。

也可以证明人是顶顶智慧和聪明的自然之子吗？

时间也许来不及了。

然而浮浮闹闹的人间，盲盲目目的麻烦和幸运里，谁没有在已经被占领、分割、缩小的残绿中得到最根本、最珍贵的微弱呼吸？这呼吸太需要又太转瞬即逝，人因而极累极没意思极茫然。但又为何占领、分割、缩小天道的领地，不使它长久和复原呢？

　　人性？无心？无力？悖论？两难？……理由永远是现成的，也就永远不是理由。

　　许多年来，人类本来只剩下这块领地了。

　　多年前，那个从山谷出走，又常常重返湖边流连的不幸的革命家、思想家，曾经抚摸着一处熟悉的树痕说——

　　　　在人类历史上，存在着古生物学一样的情形。由于某种判断的盲目，甚至最杰出的人物也会根本看不到眼前的事物。后来，到了一定的时候，人们惊奇地发现，从前没有看到的东西，现在到处都露出自己的痕迹。

　　可是晚了。卡尔·马克思没有意识到时间的制约与神秘，在"到处都露出自己的痕迹"的时候。因为以往的历史在痛苦中如果还能前行，那是什么都失去了，山谷也没有被占领和分割。

　　如今，多乎哉？不多也。

　　然而即使晚了，也要像古生物学一样等很久。

　　失去了领地，还有可能再发现"痕迹"吗？

　　发现了又还来得及做些什么吗？

　　卡尔·马克思的预言，新鲜而忧郁。

　　在污浊的"洗澡水"里新鲜而忧郁。

谁还在那隅碎舟残林里煨火？

一截一截记忆的炭梗，那拨溅的火星，可是山谷最后有幸复苏的种粒？

1993 年 4 月 19 日于湖畔

脉的影

在从前的时代，我不知道她是怎么来临的，从何处而来。那时，我刚刚算一个青年。

一个在脸污汗黑的工友兄弟中，砸铁度日的不起眼的青年。

兄弟们个个豪爽、强健。没人偷懒，也没人知晓——当瘦弱的臂膀抡得渐渐有些出圆，渐渐不再吃力；喝"老大"递来的半缸子浓茶，也敢迎着他赞许的"鹰眼"，"自己人"似的随意笑笑的时候（那茶垢如井，掉瓷的新茬旧痕像老白杨古怪的睡眼一样的尤物，那一次能盛三斤瓜干酒的"壮汉"般的大茶缸呵），他们走了几万里的"南蛮子"兄弟，还会在厚蒙炉尘的臭椿树下，倏地看见她在烈日下飘过，飘过……清润地占有周围的气息，还有，他的青春。

这时，喧嚣是陈旧的，但疲累是明亮的。而她来过的子夜也在漂泊——原来时光也会漂泊呵！就像血会在命运中离开身体，独自流向远方一样。

十八岁半。太清楚的年纪。

"你，小着呢！"老大总这么说。大大咧咧，端一碗醋炒土豆丝，从工厂食堂那头过来"合餐"，在堆满煤渣的墙角。那只大茶缸里又是酒，一日两餐不离的瓜干酒。

他几掌就能把馒头们拍成"夹层饼"，一口咬去半个"饼墙"，像掘土机。他会吼梆子调，打架从不操家什。他没有泪，自然也不理会压在肩头的泪是南蛮子兄弟没有去向的成年之礼。他不知道孤独首先是"独"，不懂失眠，不懂漂泊不是远行而是剥离。剥离一切，一层一层地，直到最后剩下一无所有的"存在"。

他老大不小了。有过荆河边卖烟酒的相好女人。等等。但他没有她。我敢肯定。

她不常来。也不离去。从未在生活里真正见过她。真的不认识。她是一个秘密。

我在心里对体贴我的老大说。

但我认识那片蓝天，没有任何脚印的蓝天；还有那块芦花稀疏的沙滩，河水清亮而流的沙滩；连同我的欲望，我的感觉——桥一样嘎嘎涨裂向往的梦幻之虹。风景是故乡的。她就在那儿奔跑、张扬，无忌无惮。飞腾在半空的时候，我只能看见她唯一裸露的赤脚，它们和鹿的眼睛一样纯润，不沾一粒沙儿，不挂一根草屑，鲜活，洁净。她在唱歌哩。听不见声音，"呵，呵"的清曲却直往心里走，一阵阵轻悠、舒悦……从哪儿听到过呢？她像谁，又是谁呢——人是多么现实呵！那袭紫色"衣裙"不是明明不合1972年的时宜吗？……而许多年后，我才知道脸红——这样的诘问、判断，是贪婪拥有的先兆呵！

阳光那么寂静，风无声无息。可一切都在波动，都是活的——日照中天，芦茎扭曳。她在飞翔……没有汗，没有燥热，没有媚眼，像还未孵化的另一个天地。唯一现实的是她飞起时在沙滩奔跑来着，欢笑来着，看不清是谁，永远看不清。长发丝丝缕缕，拂住她的脸，也拂住变幻的瞬间——故乡的青布圆口短衫、直筒宽裤，不知不觉就一抹翩翩紫色了；直立的、狂奔的凹凸身姿，又何时横浮成了起伏于半空的"云彩"？……人真是顽固呵，怎么还要想她是否是那时"禁书"里的细节，"政治学习"时身心的"跑马"，抑或，现实相思里的谁谁谁呢？

眉目之间，就不能再有别的什么了吗？

比方一只船。只有大海知道她从哪儿来。

也许是一只蜻蜓，揭去成年的封面，她就嘤嘤飞在童年的瞬间；合上，她就不见了……

可我是这样长大的吗？几万里走走停停，几千个一天一天，几言可尽呢？

…………

后来，终于不再问她从哪儿来，怎么会来，也不再问她是谁了。

只知道她在哪儿。只知道什么时候她不期而至。

最难的时候。最不怎么样又最是自己的时候。

那个时候，面具在纠缠中一掰两半，"再踏上一只脚"。一声"自作自受"，她就欣慰来临了。

自然而然，盼不来的。一旦出现，却肯定是"我在故我活"的深处。

于是我"敞开"，像春天哗哗的绿叶一样无限不已。

这种时候没有外界。

"咋又不说话？"

"哼。他？给谁当儿当媳妇也不会和谁相似。"

怀念老大。感谢老大当年替我回答——那夜，电影散场之后，一伙人肩搭背心，赤着脊梁，在街上走着，饿着，从《第八个是铜像》一直遛到车站前老大又一位相好的排档。平平常常、痛痛快快、忙忙碌碌的热情和酒饭都在那儿等着哪，无论我们什么时候闲逛抵达……

活着。敞开的时候太少太少了。

"我一生都在等她。有这样的幻梦，真实才是可靠的。"

我想告诉已经老了的老大。在他已不知下落的南蛮子兄弟独自疾走的夜里……

只是时代不同了。

真快。

1996 年 5 月 9 日

在阿布兰阿德庄园听讲解

（人们从两只巨大的旧石狮护卫的残门鱼贯而入。没有人留意残门是由水泥垛子构架的、曾经流行多年的方正风格。他们在萧森的老柏树林里停下。三五一群。有人咳嗽。天空晴朗。庄园里仿古的水泥建筑群，似乎因为终究还有几分遗址的价值，而有了些许阿Q的生机。）

…………

历史如果还是这个庄园，那么那个年头回旋的就是类似深秋的风。它依旧冷得不是常态。它仅仅属于某个季节。某个循环的人造季节。成年累月，酒窖在这儿屹立着庄园成熟的特征，酵味浓烈，人们在园子里像蚂蚁似的忙来忙去，传言四起，口重心轻。而在另一些地方它已经告别。那儿即使有冬天也不明显，风霜雨雪，转瞬即逝，气候潮湿，四季郁郁葱葱。大雁越过大洋在向那儿飞去（讲解员指着一个明显的残巢，接着解说）。

一阵冻雨过后，那儿许多枝头仍挂着苍绿的老叶和不知不觉新发的嫩芽。那儿已经记不得这个庄园了，人们常常走很远的路到这儿来研究人类曾有过的病毒遗址，因为那儿亚热带热带似的自在、蓬勃，已经扎根在辽阔的土地上。森林错落起伏，延伸如带。每一棵树都是主人。树下问题虽然也堆积如山，但思考和办法更是层出不穷，不会一代一代崩溃将至民族"最危险的时候"，才又一次拼耗巨大的时空成本，愚昧地恶性循环。

是什么力量使一切前功尽弃？春秋战国和大唐的"尽弃"与大英帝国的"有所弃"有何不同？"前功"之时曾经有人预警吗？没有预警的"前功"可靠吗？……

天地悠悠，四季相生相克，太阳照耀着每一个死角。困兽——非自我的术语，已是很久很久以前的传说了，像基督被钉在十字架上。"即使基督教灭亡，基督的一生仍然会叫我们感动。"芥川龙之介这样说。

请看这边。

（人们尾随着讲解员的身影。她应付公事似的走在前面。有人小声说，她讲解得太快了，就像背诵一样。）

庄园里那时到处是标语。那标语神奇地刮着怪风，浮着喜悦的金色。人们只顾着收割，像掠夺一样。只是表情奇异地是做出来而不是带出来的。绝不发自内心已成了天经地义的法则，习惯成自然，第二天性了。甚至挥动镰刀和赶车的样子都十分"统一"，但那不是劳动的欣慰。你们看，这是从后来推倒各种大巫雕像的风潮中，有幸抢救下来的小巫钢雕，他们那时满街都是；他们像不像老胶片里诸多边唱边拍手强迫观众捧场的歌星——他（她）们知道观众不好意思，在电视镜头前就更不好意思。歌星们摸准了庄园固有的心理，于是既逼你尴尬又明目张胆地欺骗了舆论，遮掩了自己的做作——瞧，我多么受欢迎！他（她）们是庄园主的变种，也企图用"气氛"来唬住心灵。他（她）的歌声在彩排着没有爱因而才"爱"得晃手扭腰，无法潇洒才在口头上"潇洒走一回"的恶作剧。一次次，他（她）们得势是人们和他（她）们一样卑劣，怪不了谁。

但据考证，首先要给那些无聊的记者披红戴花。

而当时最好的文学，有任意翻开无论哪一本最严肃的杂志为证，二流三流不入流的作品就更另当别论——请注意，这里的"最好""最严肃"与"二流三流不入流"本身就是一个末流时代的内部概念，与历史常态的定义绝不可同日而语。

…………

最好的文学都在描写死亡和坟茔、阴暗的天气和神秘衰败的归宿（讲解员指指宽大的屋檐下的走廊厚墙上陈列的一张张旧照片，然后熟练地转动着手里漂亮而细长的光滑小棍）。这是证词，也是象征，可能还是那怪风浮起的喜悦之反作用力，是所谓的喜悦在无刺激无意思里，渴望战争和浪漫不泯的折射。这毫不奇怪。叶落尽了，绿味犹存，只是人们闻不到罢了（为什么？——讲解员加了一句自言自语）。"让这黑暗更黑，那就是通向一切神奇境界的大门。"一个当时的孤独者这样说。死，对于个人来说，在庄园里，在历史没有悲壮的年代，这是最深沉最热气腾腾的事了。"民不畏死，奈何以死而惧之？"死是唯一谁也难管的事，尽管死后任人评说或遗忘；但因而写死也就可以在庄园的高压，还有谎言与无耻里小行其道。但即便这样，未死却喊出死和歌唱死的气流，也并非每一次都获得出入城门的通行证。因为人不屑如风。而云只在天上。

但死不是悲剧。悲剧是一种生命。最好的文学对死的追寻是对悲剧最大的污辱和误解。它只是一些了不起的男人女人在压抑中尽心尽力地闪现即将坠落的萧瑟绿光罢了——多好的庄园叛逆。"冬天到了，春天还会远吗？"高贵的老调永远胜过沉渣泛起。

下面请大家自行参观旧样本——它们是证据。

（人们跟着讲解员走进一间堂屋样的大厅。前面有人感到沉闷异常，又返回到唯一透出天光的门边换换空气。）

那时也有人不明白人们在沙沙的落叶里为什么会悲观？只有永恒才令人叹啸，现实算什么？盲人的眼睛也许夸大了寒意，冬天还远着呢！如果人有辉煌的绝望又为何会悲观？庄园成熟得千年不衰，人就永远不可能成熟吗？庄园完全彻底地失去了信誉，人们就注定无所适从吗？忧患本是春天的种子，悲观却是它变质的霉斑。怪风富有却不拥有，历史热烈但是混浊，没有多少东西是生命的。"你很有钱，但你不是贵族"——高贵之族。巴尔扎克这样认为。

…………

那时其实是一个极其纯粹的季节。精神——即信念、浪漫、庄严、思想，都彻底还原给个人了。一个精神以独立、自我、内在的方式生息的时代。她当时比庄园前几十年的任何时候都强大和可靠，因为她不依附任何群体、任何环境、任何氛围、任何运动、任何潮流，它们只会反过来以庙堂与民间合力的摧毁来培育她，就像秋天以割刈等待春天一样。一个泾渭分明、道具遮不住庐山真面目的季节。她必须也只能并更应该完全靠自己去体验、感悟、抗争、坚定，百折不挠，百味俱全，九死不悔。

她早已做好了经历更漫长的冬天的准备。

那时，多少年的熟腐日益显现。坐享仓廪使人心生厌倦，富有的单调乏味使时空无所事事也弥生想入非非，白茫茫大地干净得视野开放——"谁能使我忧伤？"另一个季节就要来了。它曾经来过。那是一个精神以思潮以群体以氛围以运动的方式风起云涌的大地，像春风又绿江南岸，像夏天绿树成荫，蝉噪鸟鸣，但好是好，却涨满可疑风帆，因为先天不足，后天也不足，就像庄园的富有在唯余谎言的传统里，自古就令人疑窦丛生一样。

一切的一切，不过是季节的不同变化罢了，英雄们何以染上了悲观？物质的个体户个体富翁富婆是那个年头的特性，精神又为什么不能如此个体？地球不也是个体的吗?!

（参观的人们来到一个灯红酒绿的街道沙盘模型前面，它惟妙惟肖，一个孩子认出了它实际是哪儿，似曾相识，于是像从遥远的乡下到了都市金水桥一样，尖叫了一声：这不是……吗？）

"精神的本质是个人的。"

她永远走在前头，走在深渊，那感觉就像"无边落木萧萧下"的豪迈，就像严冬白雪皑皑的彻底的诗意。即使春光烂漫，胜利在望，真正的精神也仍是个体的。她不依赖对手而存在。当外界的压迫消失时，只有她清醒和独立，自由而新生。因为她是精神，不是各怀心计的同路者的节日和欢呼。她走在前面是她一直在走。走是她的性格、她的天性。而欢呼停在哪儿看热闹了，陶醉了。只有极少数优秀的人才理解、爱恋与众不同的独旅者。他将超越一个又一个季节而属于所有的岁月——卢梭、尼采、尤瑟纳尔、鲁迅、阮籍……和千千万万没有付诸文字或因贫穷与限制而死于英年的真知灼见的灵魂。就是这样。

在他们那里，现实死了。越是萧瑟越是混乱，独旅者就越属于永远。

那怪风刮起的谎言早已连它自己也不信了，只是惯性使它仍在絮絮叨叨。这就不啻是无耻了。庄园那时已没有一棵古老的树，围墙到处是裂缝，信用如泥石流崩塌。而精神这时如果不是个体的，一旦成了"气候"，也就只剩下一半的真实或变质的潮流了。甚至写下她，表述出来，它就已不是"第一自然"的她了，比如当时就有关于季节关于庄园的蹩脚比喻——有人早已对所有"真实"的语言皆持保留之态。因为庄园的胃口、"卫道"与"随道"的胃口总是不太好，终生消化不良，终生一丘之貉。难怪庄园处处挂着他的肖像的那个马克思也说——我可不是一个"马克思主义者"。

（在没有任何陈列物的一栋烧得只剩下水泥楼架的苔藓斑斑的遗址上，有人隐隐感到如长夜一般空旷的气息。弦声依旧，车轮声时远时近。）

人永远有两重性：社会符号的你和活生生的你。语言的局限和存在的条件命定你只能露出生命的万分之一。庄园的孔子和被利用为社会工具的孔子学说即"孔家店"不是一回事。当年拼命"砸烂孔家店"的先人后来又致力于研究孔子并不自相矛盾，因为时代——角度迥然不同。

季节变化了，需要也就不一样了。

……………

舒伯特唱得多么好呵——他赤着脚在水上趔趄前行，钵中空空。没有人理它，没有人看他。狗冲着这位老人乱吠。但他旁若无人，一边走，一边摇着他的手柄，手弹弦琴永不沉默。他带来童年的感受。只有那个赤子之心依旧的女人，才能在疾驶的列车窗口久久回望这片独占黄昏的梦境和老人倾诉的琴声。

．．．．．．．．．．

精神离席的时候庄园里一阵"超富"的沉寂。请看这儿（讲解员的目光掠过另一间屋里的玻璃柜里的旧币），这"离席"是人们自己割舍的、抛弃的，"倒洗澡水连孩子也倒掉了"。谁也不知道，这样的人们还有什么资格抱怨。就像许多的文人怨声载道又在现实中如鱼得水一样。奴性总有两个极端：负责任的卑膝和不负责任的耍赖——都是与主子的绝对勾结。有书为证。有这些肖像为证。字里行间，虚面肿眼，文人们羞羞答答的挣扎痕迹、虚无的破坏比比皆是。曾几何时，当多少人被精神"感染"而随波逐流时，大地又留下了多少不过是在明清驿道爬行的历历痕迹！季节飘零而逝，爬行者心灰意懒，危机四伏实在正常。他们在庄园的前台扮演着因渴望而苦恼的拙劣旁白，铺天盖地，侏儒着少不更事却振振有词的后人，使他们好多年也没有长高一毫米。

（这后人不是我们，是我们的先人。讲解员补充完，大厅里一阵开心的笑。）

他们不知时髦是青春的剧毒，懊悔的绝症。但"石在，火种是不会灭的"。精神与生俱来，亡不胜亡。他们和龚自珍一样乞求"九州生气恃风雷，万马齐喑究可哀"——但多少年却又与龚自珍一样，不知道人是个人的，人权大于任何冠冕堂皇的群体权；所以他们只能在变质的雷鸣里随风起舞，他们是轰轰烈烈的夏天最早的阵风里最先的落叶。

他们早已萎缩、退化，而龚自珍却在"我劝天公重抖擞，不拘一格降人才"的长叹里实践了求索的一生。他和最好的文学一样，是庄园的珍品，但却只被陈列在琳琅满目的史馆里，直到庄园也成为文物。
…………

（讲解员请大家自己阅读《结束语》。它出自一个鲜为人知的死囚。放着参观者留言簿的桌上，有一小牌写着：能猜出作者名字的，请到橡树后的石屋领取纪念品。）

"曾经经历人世间的危险遭遇的任何一个人都是我。"（尤瑟纳尔）多少年了。白垩纪的那朵蓝花还在那儿，在那块都市仿造的乡村俱乐部的沟壑上。尽管从前的星空比现在更加层次分明，更加气势天然；尽管它比后来的高楼屋宇更加古老，也将更加久远；尽管它比如今的富丽繁华更加简朴，更加默默无闻，不引人注意，它却是它。它更有远见。它已经历了太多的起落，太多的变迁，太多的反复，洪水不再算什么。就像一支家族可能后嗣无人，但人类不会消失一样。它是一个存在。你不要去想是谁的现实或谁在影射、象征什么，"词并非事物，而是一道闪光，人们正是在这闪光中发现事物"。（狄德罗）它也与预言无缘。不要赋予它所谓的"意义"，那样就渺小了它污辱了它。它的意义就在于无"意义"——生来如此，天赋天道，因而意义无限。它在不是庄园的那些地方亦如此，只不过生长的形态不同罢了。它在任何时空里都鲜明着一个吕斯布鲁克的神情："生命之根的骨髓是伤痛之根……内里裂开之处不易愈合。"

历史的泪水正由此而感慨万千，丰富多彩。

（人们开始随意参观游览。庄园太大了，更显荒芜和苍凉。几个青年男女喝着饮料，发现一截朽木上贴着专治性病的手迹。一个金发女孩说，天呵！那时我们那里流行艾滋病，这里最严重的才是梅毒，落后了几个世纪！众人很严肃地凝视那些手迹，然后相约一定多多地背离什么，又聊起情人的话题，哼着歌，出门，沿途散去。）

1987 札记，1991 年 1 月 26 日—3 月 28 日于湖畔

红林问语

我在哪儿见过这片红树林。

天色很晴朗。树干儿没有枝丫，细直地长到梢顶，才生出几层疏匀赫红的枝叶。它们把林子延伸得很远，也很有层次。已经有些落叶了。林间舒展着阳光。树根边默默地丰富起来。那间沃林岛式的旧屋石墙上覆盖着健绿繁茂的藤叶，样子很结实。这是林子里唯一的房子。靠墙放置着参差陈朴的家具，整洁中有一种半现代半古典的气氛和格调。门开了很久了。当时我就坐在那张铺得松软的木床上，柔亮的阳光从半敞的菩提叶形的窗子那儿照进来，照在有些潮湿的壁橱门边。它暖暖地移动着。深久的凉意渐渐和外面林间的空气一样有生命了。

有一个男人老远地来到这儿，不久就离开了……这样的事，很快就会消失。他是一个路人。这是许多不易觉察的岁月里一个很平常的时分。就像有一次在那群高山的逶迤里，崖边那块午后的绿荫下有两个异地长大的男孩和女孩深情地相偎了很久，从此再也没有去过那儿一样。后来的日子繁杂了——他们也许忘记了。在这个世界许多不同的时空里，人的一生，有过多少这样不为人知的倏往神秘？屋子里已经静谧许久了。晴空里，冥想着的红树林有了自己的声音。它轻轻落在地上，随即又被鸟儿衔走似的消失了。

林间空地上的影子交织错致，恍恍的。这处独居的房子有着太久的孤单。孤单的灵魂总是珍藏着最直觉、最鲜润的感受。就像被锁在哪儿的孩子伏窗看着一角天空和冬阳里倚椅回忆的老人一样。这儿有过一个明亮的故事。他们来到湖边的时候，红树林正是结满菌子的季节。冬已经走尽了。城里另一个世界的桥下漂浮着一些被人遗忘的波痕。人们管那叫青春。他们是不知不觉中走进这片林子的，一路说着随心所欲的话。女孩子的故事总是千篇一律的，似云似影的幻想里有着太多平淡、虚度的重复。女人的就不同了。她珍惜着那些永远只是自己的秘密，只用超越的声音向他讲着做女儿时和母亲在一起的往事，讲第一次看见海的夜里潮声裹紧的孤单……他漫不经心地听着。就像她不必有过战火烧焦荒草的"磨滩"——他不愿对任何人说起被匆匆盲俗掩埋的青春震颤一样。他知道它在哪儿活着。

他们一直走到林子的尽头。周围的视野格外澄澈高远。这是在琐碎的操劳里终年不见的心境和色彩。他们心血来潮，脱去衣服，光着身子凫入冷水里欢快地游着。杉尖形的岸湾惊异地注视着今年第一次在湖里击水的笑声。他们头上不时漫过空远的回音。山谷溅荡着生气。他们一前一后划开飘摇的山影，离草坡上那堆插着树枝的衣物越来越远了……

后来他们来到这间孤单的房子。幼幼的新叶密密地挡住了那枚云翳般的白月。他们相视着……狂颤着……心照不宣。很快就把远山、深湖忘却了。绿野的清鲜从窗外一阵一阵飘了进来。

在那片狂爱的沉浸里，他们只觉得血肉的无限，只觉得人最活跃的底蕴无法承受。"呵、呵、呵……"语言在这儿真正下意识了。他们赤裸地相抚着……濡湿的衣服搭在床头，失去意义的蓝色野花从女人手中落到地上。她更美了。仿佛没有床，没有房子。他们想不起搁在哪儿嘀嗒走动的表针。屋子里只有一团融透身心的快乐。自然就是他们，他们就是自然。女人的黑发垂拂着，目光涌动着生命昂扬的原色。这是别的人永远不会有的天性的纯粹。多少年来，它被罗罗织织的杂念窒息了。他们的先人在孕育他们的时候把被毫无瓜葛的概念残害的这一刻的情欲，用畸形的细胞传了下来。此时在这片红树林里，他们依任自己狂放的透彻重新诞生了……

女人的声音越来越大，急剧得不像是她自己的。这是无以言喻，难以承受的身心渴望到极点的由衷之乐。他们用尽力气在这没有落点的旋涡中粉碎了自己，创造了自己！……清悦的鸟语在林子深处啁啾着。鸟们的空巢就筑在陈旧的天花板上，它们不知何时才会归来栖息。这一切都无关紧要了。他们忘我了很久，用山的、树的、河流的性格。以后会怎样，从前各自经历过什么，他或她还爱着谁，曾有过的束缚、惶怯、一纸红印姻文的虚无……原来这么毫无必要。这个瞬间什么都不该混生。过去不曾有过这样根本的浪漫，今后也不会再有了。这是一种天籁的境界。人生来不是为了委屈自己的。过去永远过去了，现在也将成为过去。为什么不尽情享有唯一的现在，而在它失去以后又自食怨悔呢？人在枯长抑闷的光阴里一次次诅咒什么，一次次渴望美好，当它来临时，为什么还要犹豫、自虐呢？这一刻原来这样的真正单纯和自在，与任何人、任何事无关。

他们其实什么也没有想。还要度过一些年头，他们才会意识到从远处山谷里吹来的送别的风声，将从此伴随着他们和这个瞬间拥有的境界和一生。

斜阳亲切地映照着垂散在窗间的藤蔓。四周是那样静谧。红树林感悟着和它们一样的自然之子的抗争。这片土地太古老了，久久提不起精神。屋里的地面上有一块熏黑的痕迹，有人曾在这儿拨亮温暖的火堆。他们也许也曾有过这样的造化之光。它可是我和友人在漂泊中停留过的那间看山土屋，从黑冷的残烬中扒出外皮如炭的苦薯充饥的记忆？沉郁的片断也许不会回到这瞬快乐里。他们依旧相偎着，默默摩挲着彼此身上那片深情的温热。在没有隔阂的共同里，他们开始那样从未有过地微笑着，倾听着，深深永无遗憾。他们要在离开这间屋子以后很久才能想起身外之物的政治、社会、城镇、家庭和谋生。他们将回到那儿去，带着刚才忘了扔落在哪儿的衣物，比来时更坦然地轻松着，从郊外的垄上走进街暮人暗的市区。

他们告别了，没有依依挥手。真正的男人和女人说一句"保重"就什么都有了。他们已经和过去不一样了。

再以后，他们因为什么就天各一方了，各自匆匆地过着很少回首的生活。男人将把"磨滩"留下的青春枪伤一直忍下去，女人会认识更多的市人……但在许多并非不能忍受的日子里，他们向往什么的时候，有一缕深久的颤动就来自这片红树林，来自重逢又不能重逢的冲动和思念。一个人能被人记着和记着另一个人都是很美的。同这样的人相遇你会感觉深沉和信赖。曾经沧海难为水。再也没有任何忙碌能改变红树林还原的力量了。所有的同类都不再是实在的同类。他们经常隔膜地看着一个又一个说出爱、性、生命就更显得可笑的世人面孔。那些怯怯的眼角怎能知道什么是真正的单纯，真正的是非？他们很轻易地就把不断来去的人们遗忘了。他不止一次地嘲笑过自己燃烧天性时摇晃的犹疑和卑怯。他相信所有很有气质的女人都意味着维也纳森林的音乐，他再也不会漫不经心地听她们诉说细腻的往事了。

她有了又一个新的隐秘。它生长在一个荒凉的年纪里。只有他使她明白升迁枯荣、同类龌龊原来都那么微不足道。她不再理睬任何神色、任何烦忧，它们没有过红树林里那样的明亮和透彻，也就绝对没有真正的充实和退路。

当红树林里又有一些幼树长大的时候，他们已经自如地比别人多活了太多的光阴了。

…………

林子里散发着淡淡的落叶味儿。树身均匀地相隔伫立。显得空疏的地上，偶尔有几处不起眼的草棵儿。这儿不像原始森林那样繁茂纷密，不知哪年哪月会有人的声音。只有归拢了人的故事的大自然才着实深沉长远。我走在目光已经不去留意的枝叶下，体验着往日跌宕杂乱的经历如今蕴生的平和正隐隐轻抚身心。我很想知道时空流经这儿的所有秘密。它们是那么年轻。他（她）们也许和我一样的年纪，都在这个世界上存在过。我们各自唯一地来过这丛清新的气息里，素不相识，全然不晓谁来过，还会有谁到来，是男的还是女的，又都做了些什么，一个不知另一个已在何处，去了哪里……一切也许根本无从想象了。但我们又都在这间聚满藤葛的独屋，这方不会遗憾的红树林，一直到深湖对岸的峰峦，留下了不同的足迹。这是多么美好的事情。它也一定交替来去于我漫漫走过的旅途上——椰林、海滩、水溪野岭、远雨霏霏的峭岸、皑皑雪静的街树……一瞬寂寥，一段黑管吹起的凝视，心无人知，"更行更远还生"……

那个明亮的故事也许发生在一处深山的崖边，一个城市里。那儿有午后的绿荫，有一簇陶陶的窗灯……他们这样蓬勃着尘世。

我在哪儿见过这片红树林？

1988 年 12 月

何时？何地？何事？

——16 幅消失的画和雕塑

这些感觉还没有修改就过去了。时年 20 岁，在早已开始装腔作势的街上。

——×的眉批

一个小小的长方形。大约是一张 32 开的纸对边叠了两次。一松手，长方形很自然地随着纸的韧性努力挣扎着。微微开启的边缘什么也看不见。

也看不见影子。在黑色的背景上，似乎有月光的模糊。叠着的长方形是灰暗的，就那样悬在上下空间五分之二的地方。左右的画布留得匀称。

没有想到。心在刹那的惊静中停驻良久。

天空蓝起来。很蓝。同色的山脉要淡一点。起伏着，抽动着，什么也没有。这种山不可能生长任何东西。

稍近一些的地方，分明抽象着女人的胴体。她侧卧着。不知是山脉勾勒了她的线条，还是她隆起了山脉。

但离得越远，就越像一个女人的胴体。颈以上升华了。她仿佛已睡熟。思维和头颅都随梦流进了蓝色的深处。

也许仅仅是幻觉。那乳和身子，都在活力里变了形。

却又分明是一个女人。后来他说，没有意义的艺术是不存在的。动物性也是人感觉的动物性。人。懂吗？

统统的蓝。微微有些层次，能分辨出高低、深浅、远近和强弱。

其余部分都暗进去。影影绰绰的，也许有草丛，树林，或者其他可以想象得到和绝对想象不出的景致。台词是活的，布景不会变。但我们这样想时，就很乏。

也许是一个人坐在路边的石头上。小腿和脚的姿势拥有许多悲欢离合的时候。这些悲欢离合应该有更多自由自在的表达方式。他大概有过。这才是人的生活。

这需要很大的勇气。于是许多人在许多场合不是这样，故而才有一截冷光不知从哪儿透过来？仅仅照着小腿中间三寸左右的距离，看不见膝，也看不见脚踝和脚掌。

一切又似乎都能感到。黑暗中，那儿确确实实有一个完整的人。

他也许是站着的。

脸是什么神态？手呢？不论老人或者青年，都绝对还没有死。因为那有光的地方有血有肉。腿的细部完全是写实的。

浓烟。很大气的混乱。

火好像没有燃起来就熄了。交织着许多委地的"×"。像湿柴、栋梁、封条、宣泄仇恨的符号。于人绝不能容忍的牺牲，于历史常常无关紧要。它是时代的交进、新旧的连接、人与兽、罪与功、上与下、左与右、觉醒和愚昧、奋进加绝望、极端同极端同在的象征？都有可能。

一行绝对愤怒和深沉的字被涂去了。

只有青年运动，没有运动青年。

排刷涂得很粗糙。相当彻底。

我关心的是这浓烟的结果后来怎么样了。

"去你妈的。"他说。

扑面而来的浓烟背后有一种情绪。什么骂人的话皆有。他一定骂绝骂够了才能够平静地雕完。没准儿他看过几本写什么什么史的出版物就开始骂，并发誓再也不看这类书。

"你也是个浑蛋。"

"挨骂很好。"他笑了。

是这样。我想。是这样。

这种女人素质太差。差得他太不愿意去碰她们。后来他变得很"坏"。变得和素质差的女人一干那种事就不拿她们当回事儿。

他深刻地发现这种女人眼里都有那么一点儿知识。娘胎里带来的和街上捡来的掺在一起。

那以后，一遇到有些儿真诚的笑，他就想：不过是昙花一现。这种女人素质很差。随即很快将她们忘却。

那些身子在做爱时比他得到的快感要多得多。但心却在游离出一朵朵霉菌。上面密密麻麻翻来覆去就写着那几行忐忑不安、强打精神又早已自认怯弱的句子。诸如"我吃亏了""你欺侮谁"云云。

霉菌游着游着，永难消失。他看得清清楚楚。

但是枕下一定压着一本撑脸面给人看的才女的日记。他又上当了。他听了那些男女都一样女人不该依附谁人就是人独立自强我行我素的契合便相信了她们。

于是有了自己的哲学。但为什么还是画得这般犹犹豫豫？

告别的时候我想，不能说"活该"。已经够这个够健康的汉子受的了。

不久，太阳在所有的时候都长出了长毛。柔柔的，裸露三种混沌状态：升起、落下、日照当空。令人想起玩杂耍的人双手在抛接三个方方棱棱的石头。

石头们挂着毛在说悄悄话。

自古以来就没有的地平线如今更没有了。软色调。硬线条。

后来也许是心血来潮，也许是要送给 ×，他歪歪斜斜贴上两个方块字："孽种"。

这字绝不是写的。他只给自己的作品写过一次名字。

有一年，成千上万的嘴都张成了圆的。成千上万的圆嘴在它们共同组成的巨大的圆里吹扑着成千上万的圆，却吐出更多自己。它们全是紫色的。很有些瘤肉的亮渍。

且十分壮观、悠久。笔触全都阳痿着没有意识的快活。

这回不同了，看不清楚的细节很多。不知是汹涌的河绾住了枪炮，还是枪炮想截断不死的河。它们纠缠在一起。河正从没有出处的上游向下游淌去。

那日，它们被一只前臂状的支架撑举起来，肘部十分腌臜。远远看去，河的上游像一堆身子，下游像掌。流到末梢的河仿佛在广阔的空间迷失了。

真的迷失了？

他打包票说：永远。

"爱情"——终于成了几级黑色的台阶。

这是他的秘密。人当然无法理解人。但被它拿住了以后，自以为感觉透了，在回去的路上就老是不由自主地琢磨。这是天性。其实什么也想不出来，于是又转回感觉中体验着，省察着：这种感觉什么时候有过？

这样沉浸着就舒服多了。

它到底是什么？意味着真正的感情必然受尽折磨，否则就不叫感情？抑或是一种非感情的浅薄与麻木？性欲后幸福而复杂的宁静？社会无聊的责难？当事人内心的脆弱？爱又不能如愿的永恒悲剧？一个人性的未来终于驶近的前夜？……

统统不是。无法判断。似乎只能这样回答：它给了你与什么同在的相融。

这就是爱情了。在"爱情"之外又与它连着。

它们最终连回忆也不会有。匆匆忙忙，没有东南西北地找出路。

回忆不是铅印的大事记。它们死了。回忆不是还能想起些什么。它是一种生命的运动，有情感，有慨叹、沉思、超脱、神秘，有人类永生的必不可少的神话般幻觉和希望。岁月就靠它获得滋润，获得活力。

回忆就是未来。

但他反驳说，这是本性。

"你的本性。"

"连这也没有。你完定了。"

然而这是我最喜欢的一幅画：《最早的，最后的》。

真正的美从来只有一次。一次就足够了。

现在我依稀记得，那是一片朦胧飘远的红裙子。春天的风光跳动着第一次心悸的邪念。

如今，我已经不知道那是不是回忆了。这个世界变得很了不起，人们一件接一件地搂着很多玩意，边走边掉，堆了一路的锈。

倒立的"？"一旦消失，就会凸现金字塔。它必然建在沙漠上。可是沙漠却是流动的。

那夜，我们在这幅画前默默地抽了许多烟。一次次看窗外，天老不亮，只把头发抽白了了事。

多年以后。我告诉×，如果发现"？"到处在寻找对手的话，那么金字塔就要被毕加索重画了。这时应该知道自己能做些什么。

更早一些的时候，他发现了魔瓶。

捂着的大手只要微微开启，许多由小到大的人便涌出来，向四面八方奔去。有的会被踩死，有的不停地往回看，互相撕碎的也很多（轮到同一战壕的战友了）；但有人坚定不移地站住了，思索着某个地方。

绝大多数的人欢呼着，朝着前面另一个同样的但没有剖面的瓶子鱼贯而入。

这幅画很有意思地被批评画得太满，不是艺术。

"现在轮到我们来充当循环的链条了不是？"他预言。

这绝不是一个年代。而是一个时刻。它被证实经常发生。

它后来得了大奖——被人剽窃去做了一部电影的开头。

中国人太容易褪色。太容易。

有谁曾认定一条自己的路？认定了又执着地走下去？就像拿破仑的老兵在英雄去世多年之后，身无分文地坐在窗前，看着香榭丽舍大道上复辟的火炬而依旧用最后的力量告诫儿孙一样？所有的路都不是职业。文学政治经济什么的，都可能是无路的夕阳西下的组合。

他抹出许多条淡淡的横线扼腕自问。那些早衰的绿色被吐上如砂的唾沫。似乎这便是他终未走入的青春。

这是他的不幸。

活着得意的人和太苦的人都不够成熟。往往是这样：年轻而富有实力的时候不懂自在。一旦懂了，又该被生活冷淡了，在太老、太没有姿色的皱纹里。

墙不是对立吧？不是。

那么墙是统一？为什么两堵巨大的高墙中间，满满的画面只留下一条狭窄的空隙——上下两只兄弟般亲近的箭镞，一反一正；向左刺去的很尖，向右狠戳的锋利。它们都拦腰被一道倾斜的竖线切断了。我揣摩着这无疑意味着否定什么。

年轻的哲学认定对立才会进步，就像奥林匹克运动一样。但真正的对立无须墙的技术，在表面对立的墙垛后面，准窝藏着非竞争的同一源头。我相信他的画偷了我的启示。

但他笑我无知。

"不用解释。这绝对不是笑大多数人的那一种。"

他还是笑，这大约是最后一次了。

许多年来，我只问他要过一幅画，也许那时就预感到他很伟大。很伟大的人在许多时候会很快消失。终于，那张画也找不到了。想想也没什么可以遗憾的。它去了它应该去的地方。那个地方使我今天记不清它们时，仍能江郎才尽地告诉世人。

但这必须是深刻过去很多时光之后的事。

那天阴雨绵绵。我站在他的墓前——比现在名遐世界的用实物"摆"画的创作者们早了二十余年。

他感到无限。是在露宿峡谷的时候，我们后来没有后悔不在他的身边。

抽象、音乐感、实物组合、色彩感应、立体……能随心所欲的手法都随心所欲过了。依旧是有限。无论如何硬是画不出那念头的万分之一。但他明明感觉到了。人能感觉到。他在失眠的风声雨声里一层一层寻下去，发现所有的技法都是量变，不是质。只有无限是质。然而人无能为力。原来任何艺术或别的什么都无法使人彻底地倾诉，然后长长地吁一口气。

除非不画了。无限在无画之中。然而这样什么也就不存在了。

所有的未知都是无限吗？上帝、外星人、冥冥中的神秘，时间、空间，这维那维多少维……不。不。那样的话。无限不过是一种遥远。

无限就是一种遥远。

要么不做，无限下去；要么知道这是人力所不及的，那就尽人力所及的这一生努力做去。

他无法选择。这样的时间太久，几乎使他把还会画画的事实都忘了。

最后的一幅画成了白纸。一件遗物。

白纸方方正正，仍旧是有限的。

它像是在宣布至此上溯所有的真实作废。包括我的理解和文字。

但，"我说了。我拯救了我的灵魂。"

1988 年 11 月

沉积湖 ①

厚厚的雪覆盖在旷莽的冻土层上，向无垠的尽头伸延着夜的凛光。风已经止息很久了，仿佛永不再来临。湖的周围，寂着远古的荒凉。只有凝久的寒冷，生存在皑皑雪原和深瀚的苍穹之间，仿佛太初之前的声响也漫长地消失了。

两三棵孤零零的树直直地默立在湖边。疏朗而束然的纤枝冻梢微亮微暗；在雪光与天色的交接处，笼聚着几团别样的透剔晶莹。雪也许是很早以前落尽的，漠漠的古沉积盆地在这茫茫雪夜的清冽里无声无息——除了寒彻的树，不见别的生物，也从未有过人迹。雪层下几万万年以来形成的叠叠的动植物化石、风化物和火山灰经历了许多这样长长的冬天，神秘得像极地一样广袤、丰厚，沉睡在仿佛无始无终的宇宙稍纵即逝的瞬间。它喘息着，弓起不知去向的脊背使无垠的杳然有了纪年，却等待意义。它寂寥了。

---

① 沉积湖：地质学上常常通过此现象来推测古生物和古自然地理的存在。

圆的积雪使四周的一切都隐去了棱角。堆落的白色清晰地分出了错落的湖岸，分出了浅灰皮的树身旁零星散落的积水的深洼。它们大小不一，很像原始的、尚未发育成片的沼泽野地。在空旷的雪被上，只有它们和湖水的气色是苍黑的，沉着深渊里无腻的幽亮。湖影与倾斜的夜空在极远处濛濛地相合着。临岸的雪在水光边被润得模糊不清了，像有早年的松蓬的衰草和坍落的黑土或岌岌的大石块在托举着它们，——绵延起伏开去，形状各异，参差着逶逶迤迤的湖沿……

它们隐约消失在遥暗的夜色里了，似乎不在乎深邃、广漠的天体中没有一條微然的星光。

…………

船从湖中划过来停住了。荡涌的水波击向岸边，雪堆落入水中的惊籁偶尔传了过来，又很快浸没在无边的寂寂里了。

"你们从哪儿来？"

仿佛这是一句听不懂的话。

他们如同相隔着迥然而异的季节。

久久地，时缓时快的桨拍打着冷森森的水声。对岸，第四纪以后的火山在渐重的寒气夜声里全白了。

1990 年 3 月

大地重现

那些书很像冬天——在明月凝望着北方遒劲、疏朗的高枝的时候，一条大河在深远地流，仿佛流在创世前清光寂寥的夜色里……

也很像我的少为人知的故土上仁立在湿坡的榕树——它们仿佛很老了，其实正在郁郁葱葱的壮年。清晨的雾里，密匝匝的浓叶下，垂落着缕缕潮湿的气根；鸟群的叫声，在巨云似的树冠里四面八方地响起，绿荫却深得看不见这些精灵们舒展、活跃的身影；清晨的榕树下，凉意总是格外浓重，一棵树就有一丛森林的感觉和气息，数不尽的厚质绿叶，像成千上万的语言，散发着悟不到头的盎然，读不透的深蕴……若是蒙蒙的、苍凉的雨天，那些绵绵沾襄的雨丝，就因为和它在一起也古老和久远了。

这些沧桑的履迹，如今回想起来，总有一见如故的真挚。就像生必有缘，我们的的确确和祖先、后人在十一维度里，一脉相承着生与死、爱与恨、凄惶与清醒的灵魂。

但榕树们常常是要翻过一些莽莽的群山，才会发现依江而生的一两棵的；然而有时也巧，就在山下瓦舍茅棚的村寨里，就会有好几棵榕树，像沉云一样停落在那儿，粗健，宁静，即使树龄相差几十、几百载，也一样浓绿得化不开，一样的生意勃勃，起伏如潮。而无论漂泊到哪里，在它的盘根错节上听过雨诉，冥思过星空的孩子都永远难以忘怀，永远在生命里一次又一次地呼吸着它的博大精深。于是，也就把它和那些经典的书页一起，归于无以名述的真实了。

万物皆有灵。不然后人不可能相隔着那么多年，与作者素昧平生，却仍然会像在生态原初的大地上呼吸一样，生生循环于经典的气息与自己复杂难诉的触动。就像在瘴气弥漫的青石板驿道边，万年人迹罕至，但那几朵野生的金花茶正自在地怒放，因而流放的柳宗元与她们相视一叹，从此也就更深刻地理解了他最钟爱的《山海经》一样。

新的不一定就是好的。时间神奇而公正。就像成熟的男人女人与幼稚的少男少女、文物与时物被淘洗过后的成色之别。

经典的著作大多都发旧了。一本一本的，虽然有人只存了几十年，但翻开来，就像撑船上溯到了远古。它们旧得真好。纸光是金色的，是那种也许还未打磨或打磨过了又随着光阴的流逝，越来越朴实、贵重的金色。那些书油墨都很香醇，很清新，也很特别。它的有些灰旧和沉默的色泽和铅字，太与内容浑然一体，太至情至美地和谐——就像人的强健筋络和气魄、素质，原应紧密相连一样；也像大河与鹅卵石的滩渚，榕树延伸几十米的根群与如殿如堂的密叶，皆前后、里外对称地存在一般。

经典们大多不那么“刺激”，情深意切的老朋友都无必要刺激，就像成熟的男人女人更通晓爱与欲的内在的刺激一样；它们的装帧也不够“新潮”，但却手感很好，心碑、视碑很好——就像压根儿就不屑招摇过市一样。路遥知马力，日久见人心。它们只想久久地感动着你，抚爱着你，不动声色地以大地的本质，时时滋润出征的安泰。

使人升华的东西本该像润物细无声的春雨。春雨是传统的传统，它和否定之否定一样，即使离别经年，也依旧一如既往，忠贞不渝，好像在你之前，世间到处是它们这样的河流、这样的生灵一样——它们慷慨地替你淘洗了一切，省却了最珍贵也最美好的精气与光阴，也预蕴了拒病的抵抗力。它们俯拾皆是，于是人不会无路可走，无情所寄，混天聊日，前不见古人，后不见来者，空怀万物之灵，却可悲地无灵而终。

一行一行时短时长的句子，一页一页时远时近的思绪，那么厚实、自信、激动人心。它们常常使你走在高原的源头，又走向澄澈的天空，走回语言的诞生。"人之精英为语言"（这里的"语言"大约是广义的吧）。在人类的始祖那里，语言是生命创造的；在每一个词诞生之前，一定有着许许多多的美妙和艰辛。为着这艰辛和美妙的流传，为着宇宙万物的"抽象"与想象的再生，时空和神灵，选择了人来思索并说出话来。于是人创造了语言，好用语言来再创造，再发展，以至精神的星空灿烂不竭，万物的大地变幻无穷——难道事实不是这样吗？因而，如果天地果真是这样使人至高无上的话，那么语言的本质就该是生命的、创造的。生命和创造永恒，永恒怎么会过时呢？

经典的含义和魅力就在这里吧。

它们也许的确"旧"了，不合时宜。但生欲的灵魂，人的气息，情思的存在，深邃的原理，多极的内核，却常常比活人还要活人。它们形象又抽象的一切，总是不尽地时隐时现，超越彼时彼地，在夜阑人静的这个世界，渐入人的心底和血脉——能入心底、血脉才是人值得活，值得读，值得往来、交流的真正理由，其余的皆不过是辅助罢了。于是有人不再怆然，不再斤斤计较，患得患失，而是由此坚定了爱、美、神性以及路途必然曲折的不屈信念——莎士比亚人欲的城堡就是这样常常复活的，难道《野草》忧郁、冷峻的目光，就是这样依旧流连在前仆后继的国土上的；如果日心说的公理，留给如今的意义仅仅是不言而喻的摆设和"知道"而已的话，那它就毫无意义可言了。而人世，也就肯定一贫如洗、两手空空地沦为先人的败家子和机器前喘息却空虚的短工了。

然而，不知是什么原因，使世上出现了那么多背叛语言的书，出现了那么多不再崇敬最值得崇敬的经典的行径。它们想干什么，又属于什么呢？有人没读过那些书还是不会读，不能读或不想读呢？

崇敬和感悟，是人的本性中最吃苦耐劳的能量（它也是宗教的渊源吧）。没有它，人类就没有伟大的神话和探索，历史也就没有今天的"繁荣"。真正繁荣的气息早在语言之初就有了，那是天与人默契着的生长真谛。而如果理解错了繁荣，用错了崇敬和感悟又将怎样呢——"文革"触目惊心的血迹、灰烬的余温还未冷却，还在新世纪里穿梭呢。而如果不是经典们已朽成腐木的话，那就是有人浅薄、无知和乌有了。如果社会如同人们离开河流迁入沙漠一样，先天发育不良、水土失调却又还在毁弃森林，那么，这个世界还会有什么好的！贫穷与富裕、精英与平民，同归于尽，付之东流亦为必然。

后人该怎样历尽磨难和牺牲，才能拨开、忘弃某个时代的庞大身躯所厚厚臃肿、淤腐着的背叛之重负，并重归沧桑正道，进而再生语言的光荣和立下诫喻千秋万代的耻辱之柱呢？

文章千古事，甘苦寸心知。天下的烦扰如果与生俱来，那么，识破它们而前行的心灵，不也是与生俱来的吗？

…………

也许，是我走火入魔了。那些经典们已经过时，人们不再需要它或只有扔掉它才能活得更好更充实；也许，在我掩卷遥瞩的喟叹里，它给我的气氛、真谛、灵性和警醒，仅仅是一种错觉；当我认为它与诸多流行歌曲、畅销书和有命却无人生的言行相比，前者犹如大树、山川、世界，而后者则近于贫草、沙砾、窝棚或无须有的废纸与锈迹的时候，我的这种思索和感受，亦不过是可笑的暮气罢了——如果是我错了就好了。因为一个常人的闪失似乎无伤人世。但也许我又是有权这样错的。因为即使不重返我的古榕故土，在架子鼓和电吉他的震响里，只要我的手不颤抖，我不是愿意吹箫就该吹箫吗？而且是独自的，像从前一样，面对我的山谷，我的山谷里久旱的灰雪荻花，连同那一去经年的紫色裙影……

人有权固执地把心声献给福荫的大地和自己，就像有人早已在干他们的短工一样。

我大抵还记得自己反省过橘子的气味，所给予我的岭南梅雨时节的往事，是我对经历抱残守缺的依恋的；因而我也有权感谢经典们给我的个性和辽阔。因为如果不是它们，即使所有的人都照样活得如日中天，我却委实不行。

不行。不行。

但如果不是我错了，那就不啻是覆盖大地的林林总总的钢筋水泥们的悲哀了。因为即使在连经典们都不在话下的夜里，"吟罢低眉无写处，月光如水照缁衣"的忧愤，也早就是并非先人的往昔琐事的。

1991 年 10 月

岁与岁

垚。1999，就要下山。街上，焚烧落叶的烟真静。是我熟悉的纸灰落向草丛的气息。然后，是细雨。三十二年，细雨送来你，送走我。他乡子夜，另一年，又如同命运。

如同命运。我晓得。

独自。永远。

就像此刻走在街上，不知地名。不知想要走向哪里。

想你。垚。

别提他（她）们。别安慰我。不干净。

别阻止我。

别再那样。

会伤着你的。

还想"认错"。行吗？

寒冷。年轻。心望远方……不说了。理由咬碎吞下。三十二年前，向我唇边挡来的手，方寸之遥："别……"——是说别走得义无反顾吗？为了那条指头捻熄烟头的疼痛之路，为了茫茫精神的南洋之徙，埋骨何须青山之地。

"别……"

一样的话语，不一样的时空。早熟的成年，疾风暴雨，结绳的涵义。

不是人人都是这样幸运的。

还有风。怨在告别的舟月里。

路灯里，你的手纹突然停在冬天。是冬天——当年，我怎么让它冻了十三年！十三年。伤冰封了血。我才懂得握紧薄奠的双拳，将天国的你偎在胸间。一直偎着，暖暖的，听自己化石一般的长叹。

不是很好吗？这样和你在一起。他（她）们的世间与我们何干。

眼神。玳瑁。1999。那年的你是疼痛，是合金，是我祭你的围巾燃尽的唯一思念。年年今夜，于是至死，只有天地，只有独自赶约的我。

这样不能再好了。

不再说"别……"啦？
等了很久了？冷吗？
垚。
"去问岁月。"

你就是岁月。

…………

又是一年了。路真远。

我们回去。

别阻止我。别理它。2000，让它孤零零地愈走愈远。

云又背向它上来了。

…………

好好的。好好的。垚。

别让人挂念。

别挂念我。

没有人了，不算什么。

想念你。

垚。

在那儿等我。等我像你一样把血流干。

别忘了。梅雨的时候，晒晒我系在你颈后的围巾。

红的，有几根穗绦磨断了。

…………

1999 年 12 月 31 日—2000 年 1 月 1 日

冻原舞流：子夜……

——纪念思想、艺术在"地下"的那些年月

"地下"的子夜。

子夜的"地下"。

无孔不入的喧嚣冻停所有的罗盘……

"无产阶级文化大革命……就是好！就是好！就是好！……"

"神灵飞扬着，她只在子夜与人相遇。"你说。

"没有相遇过。你不懂。相遇的人形销骨立。"

我在你微笑的爱怜深处，看到斩钉截铁的肯定。

可是沧海，那时难为我这一溪弱水了。

异乡人。19岁。

我们初识。

街市。村庄。

椴影。夜穹……

是这样的福祉。

我从此不敢重新来过。

在你的子夜。

在思念你的子夜里。姐。

冬雾依旧在聆听……

"不是早就不值一说了吗？"

无泪是泪已成定数？尽兴是轻蔑束缚的归宿？

是的。可是为何无人再在我的极地里低唱过？极地——在任何时代，骨髓里只有人而不该有时代的"光彩"，这就是艺术。你曾这样写。所有真正的书都这样写。但你却写在蒙昧、荒唐的"老三届"年代。高压的时尚也是时尚。弓弩的乐声摧毁着一切音符。"人自己生光，就没有黑夜。自己解冻，湍流就生生不息。"你在遮紧窗帘的墙边说。很合时宜的单薄。从此，狂飙灼痛了我。狂飙——修复总是灼痛的。重生总是灼痛的，似懂非懂也是灼痛的。"幸运在你。你只能是你自己。世界因此而大。"

许多年，许多年，我才懂得这无怨的筋骨何以"高处很温暖"。

何以人性之根就是虔敬，就是珍惜。就是唯有在耻辱、愧疚的深海里才能驰出自救之帆。为着她们，相见时，那些禁歌、禁书是启蒙，是觉醒，是回归，是一发不可收的年轻冲刷，露出洗不尽的污沖深处缕缕生机，是心驿的羌笛吹着一路的杨柳……后来的、余卜的种种，竟然只有握手的应酬。他们和我。

通用的、矛盾的应酬。可有可无。

但我们的，还有情欲的萌生和忍耐，还有碰撞、讨论的思考蝴蝶，在不知不觉震裂历史强加的镣链。

在她们被诋毁、被钦定为犯罪的年代。

在夜不再是夜，是心能走多远就将走多远、情能渗多深就会渗多深的时空。苦与窘、病与弱、战栗与凄怆都是安宁、清新，都是夜夜花馨，无遮无拦。

你曾说——情欲并不总是一个道德问题，更多的是一个起源问题。燃烧，又熄为青烟，都属于你自己，因为雪地里那枝撩旺火焰的棘柯不在你的手里。不在。我懂了。那夜血肉的起身，是将要一生长久地记住。而就此别过也不是一个道德问题，因为思想的另一端是天涯的远行，她们同是艺术的真谛。

我感谢你，姐。

感谢你辞别时还在微笑，说天下其实没有不苦的人。人得尊重一点一滴劳作背后必然的苦楚。哪怕他是一个远行者、失败者。

但远行在命里，失败却不能在心里。

…………

都是旧事了。

旧时你弓坐弯狂的写作身影——那绝美的舞蹈，在我的极地，夜夜一宿星辰。

话语是舞……

书写是舞……

眼神是舞……

生命是舞……

思索是舞……

这时现实入土了。你透彻了，近在咫尺的高压城垣、身心樊篱就轰塌在远处，寂然无声。

白天，没名没姓。人也没名没姓。一切都是幻影——手，灯光，墙，纸和笔。这时真实的是巅峰，是舞流，是爆绽，是人物，是语言，是活鲜鲜的命运……你活着，淌着，漩着。风暴眼。舞者。煨火者（后者是你喜欢的词）——我的手要在你离去很久之后，才能触及你的身心神经激情痴迷挚爱亢奋紧张悲伤苦闷焦灼烦躁艰辛颈疼腰沉……矿藏必然是已逝的山河吗？那么舞呢，那么火呢，我也必然要在露宿岷山峡谷的史前之夜里，才能感到舞者想象、创造、汲取、融流的疾书瞬息？当生命焰焰的状态，连当事人自己都彻底迷狂、失控的时候，艺术在哪儿慰藉着你留下的孤身兄弟？

如果迷狂和失控就是艺术，如果从不问有何用，生命即应如此就是艺术——那么，姐，你的存在就是艺术，清寂、纯净的瞬间就是艺术。

美，岂止在文字、线条、色彩、旋律……更多的在神情、目光、举止、心绪……

尤在这生命和艺术都越来越不是源头的时节（别和我说什么"繁荣"，万马齐喑的当年它更加甚嚣尘上。真正的万紫千红，各自必有深深的内涵）。

你越舞越近，越舞越野性……我越来越疑心许多的"真实"。

真实的生成，真实的层面，真实的范畴，真实的转换，真实的交流，真实的发表与名利……说不清，道不明，剪不断，理还乱。我也许悟到了什么，但奥秘使我失语。

失语在为你而遗憾的时候。

在你给予的子夜里。

"天空大地，山川森林，自然美景曾经解救我，慰藉我，说人群、时代是如何短促，短促必然翻腾、喧嚣、追逐。而我要像她们一样沉浸、穿越、痛快。后来才知道，那是因为我无奈、退却、逃避。归去来兮的老一套。心无泊处，一切都不长久。她们也不长久。"

我愧疚。我从手的触及到滚热地将你挽在思念的怀里，太漫长也太命定如此了。多少路，多少自怨，多少相思，多少子夜，多少月光，星光，雪光，雨色，灯色，阴色……江湖是逶迤的，二十岁、三十岁、四十岁却是跳跃的——我一个人，迷狂与失控的前奏多么长，多么荒芜。生命是我的，我有权自由自主，但我却不配回答，就像海的潮湾总是内疚于污染前的水母一样，回答与代价不对称就是耻辱。

就是同样的年头，同样的精神残疾之命，使我即使已经能够滚热地将你挽在怀里，也回应不了你逝前的叮咛。

"从成功那儿回来的路，比去的路更险峻。我只在这儿等你。"

如果我不再回来，我知道，我就再也听不到那声最后的"兄弟"了。

她对我很重要。"这儿"很重要。

天堂和地狱都不重要。

艺术越来越无黑无白了。游戏的骗子从来就只说他们的规则而不说人类的规则和前提（更不说言外之意的祸心、用心）。姐，当年，你曾不屑与我争论个人的"不走运"——个人100分，外面的一切就归零。两个分数，永远此消彼长。你说。但如果你还活着，如果你还承认你属于艺术——那么现在，我不会再在争论中哑口无言了：一切除非都像你的手稿一样从未问世，否则，艺术就绝非只属于个人，她的命运是公共的。

公共的茨维塔耶娃们是有根底的。艺术的蓝焰深处，层层叠叠的思想毕剥震颤。她们信赖也尊重疼痛。她们不屑挂齿的年代似乎成全着你。我理解，我珍惜，但艺术却伤恸欲绝。因为她们失去了子夜，失去了滴血的牵引，她们早已被白天、市面、媒体和所谓的评论胁迫、蹂躏（中国有评论吗）……我也许不该见识太多、太多。但不想见识又怎么可能？那些"面具们"要表演，非表演不可，且"面"满为患——他们专横着时空，他们以投机代替人脊，以策略冒充希望，以主子的同化扼杀孤愤，以奴才曲写奴隶，以今日的"世俗"蒸腾，背叛昔日高压觊觎中尚存的一丝良知，以关系、身份、天时、地利、人和、阵地等等杯盏，狼藉一切，并借此大捞一把，以××家××虚名××学位××职称××头衔××会议××版面××酒桌为荣，私下公开自鸣得意钩心斗角狗苟蝇营口是心非有眼无珠褊狭阴暗——他们岂止是饕餮艺术，什么空间没有被瓦砾拥塞得面目全非，风沙蔽目呢？风沙如此蔽目，竟还要媚媚横行地搅起"新"与"才"、"好"与"自由"的谎言之叶，群魔乱舞——即使这样有人仍能活得是他（她）自己，可又有多少人连屠弱的喘息都绝无可能？

他们"新"吗，"才"吗？是"最好的年头""最自由"的书写吗？非也。"山河一片红"指生、派生、诱生的过时之花而已。人流忘了，全忘了。遗忘是耻辱的翻倍。

你吟咏的刘禹锡，其实早已成为谶句了：桃花净尽菜花开……你说过的曼德尔施塔姆的"狼在追猎的世纪"，如今就在眼前；你喜爱的阿赫玛托娃的"寓言"也早就兑现人间——我觉得这座铁塔像一个巨大的灯台，被一个巨人遗忘在小人国的首府里了……

呜呼！高压卜反抗的单纯、清澈，禁歌、禁书的疼痛、温润，入土文物了。

那就小人国吧，就追猎吧，就菜花吧，就面具吧，就混吧？

黄钟毁弃，瓦釜雷鸣。

我说不出话来。

"我不想说了。这年头。

不该想的。这年头。"

"活着，要学会把许多杂事挡在心外，人才是人。"

你早说了 30 年。

你是对的。姐。我理解。

但你可理解艺术母亲的忧虑？

走，到子夜去。

到子夜去。我们回去——姐。你从未这样说。但每次在排档付了酒钱，转身走在夜寂的街树下，我听见你不归的第一声脚步，第一句告别却分明这样言辞凿凿。

你就这样走了——到心中的彼得堡，到灵魂的阿尔勒，到"小舟从此逝，江海寄余生"的竹林岚露，到《无水》《地》《没有雪》《残臂》《斑马线》《租屋》《一夜的海》的浓烈里去，到"父亲""女人""你们""我们""航儿""疼""华华""老弄""娘""七姨"和护城河、窝瓜岭、石洞、柿园、矿区的沧桑里去，到性与血、情与焰、历史与沙场的深沉、浪漫那儿去，到《生与死及人的权利》的"颠覆"里去……①

到归宿去，到再生去，你提前了一百年！你让她们、他们、我们，飘一片穿行的清雾，蕴一簌铭心的明亮，形而上又形而下，多声道，多湍流，活过想过说过做过悲欢离合过象征隐喻感性知性过，外沌内深，无以尽叙——不为功利，只为自己为艺术为思想为生命为命运，为

---

① "姐"的残稿题目和里面的人物、地名、故事。

慷慨激昂、悄吟低唱、奋笔疾书、仰天长望、苦乐交加、淋漓尽致！你与许多人极不一样地劲舞在必然死去的终极之路上，为所欲为地实现被"公有"的白天缠拧的内心和自我——白昼几声"平面"的"看不懂"又何妨呵（又触动多年前《残臂》给我的震惊了：如此板结之地，何以竟有这么前卫的、发表不了的手稿？仿佛亚瑟以"牛虻"的名义从南美向我走来），日丹诺夫们当年不也曾"定义"阿赫玛托娃的心血是"一堆破烂"吗？

············

来吧。你来吧！从里到外
从聚到别，从生至死
我受得了……
我要的从来就不是一个男人！
——秋草长，秋野香
天生的 × 年代
摩挲着你的胡髭我更加思念
"我们有一个孩子吧"
请原谅我的年轻我的奢望
我的母性我的侵犯——
我会让晴空的雁叫为他启蒙
我会在鏖战的前夜携他奔去
当大雨濯尽浅薄的误解浅薄的认命
你抽烟的手势夜夜与相遇同生
——我将要求他记住
我将抚摸他抬起的头说
孩子，幸有，是一个方向

一程长大，一种脚力

　　今生今世，不论你是谁的子孙

　　…………①

　　感谢幸运。姐。

　　感谢上苍从未给予我童年、少年的同龄朋友。我一生的矿藏都是像你一样的年长者给予的——我的外婆、舅公、"三奶奶"，"老右派"，高三的"大头""大嘴""丘八""汪姐"，还有我那闯关东生死未卜的新寡"婶子"……"我爱那会是纯净的耻辱"。当我和你一样拿起笔的时候，我早已知道体验和创造从来就变幻莫测，天经地义，无遮无拦，凭什么还要对捉襟见肘的阅读的"接受"储备负责？时代的模子塞得下宇宙吗？阴阳生态如果代代不息，那么，又是谁颠倒了主仆，谁扼杀了鸿鹄，谁"学校"、谁谎言了泾渭的奔腾浪迹？有人挤压、淡漠、可疑、虚伪、破损、流行，有人挺立、真切、自在、感悟、发掘、创造、挣扎，再狠狠折断鞭鞭教条……这又有何不妥呢？

　　还要怎样？我们一无所有。

　　我们因为一无所有而天长地久。

　　就像原始森林在高楼、街道之前，万古葱郁一样。

　　还要怎样？问谁？

　　问，你就输定了——你在日记里说。姐。你问你自己够饱满够清澈够情深够坚韧够牺牲了吗？如果是不，那就得向自己索要，向一生求寻，向艺术，向生命资源、生存资源、素养资源——我说的是整个精神背景的阳关，苦苦掇拾……到那时，也许只有那时，太阳——艺术的太

_____

　　① "姐"的长诗残稿片断。

阳，思想的太阳，只为生命而生的太阳，才会缓缓升起，从生育它的子夜，从为梦想喂奶的子夜脱壳而离——谁，"谁愿用自己的碧血去凝结脱了臼的世纪到永远"（曼德尔施塔姆），我的哭不出的曼德尔施塔姆兄弟，今夜，谁和你在有罪的风雪中遥望？

谁是真正的舞者？谁的血肉骨骼，在吱吱煨火？

自己解冻，自己生光？

谁？……

可我不想要你升起，太阳。

我要你——还我姐姐。

还我勃洛克的预言，在子夜——倏地，一百年就在眼前了：

"呵，孩子们，如果你们知道……"

1973 年—1977 年札记断片

1996 年—2002 年改写

家　族

年轮，于是有了故事，有了人生。

（人生，这个词旧得不能再旧了。正因为旧，在人类的血脉里，至今仍是深得不能再深的底蕴。说它的时候，他们战栗和坚毅，像在阴雨里凝视墓地上的那些名字。）

时光，也不再流逝无痕。

人呢，也不再被满街物流的嘈杂所吞没。因为有人别样地活过。在同样的日子里，在许多人的争名夺利、油盐柴米、灯红酒绿所看不见的地方。他们的足音不是雁啼长空的歌声，高高敲击无数忙碌的屋檐；不是一株株冬树梦想的绿色；也不是因为谁的梦想永难实现而留下了蔚蓝的文字。不是。他们不是。他们实实在在地存在着，平常得我们无法视而不见（没准儿有的还是他们的熟人或落井投石者）。

街市，不知最终将忘却谁。目光退化了。我们已难以抬起佝偻的头，索回自己的步履，去见识擦肩而过的另一些生命，另一些灯光，另一些街市和生活。在那儿，人——没有与许许多多如烟的卑琐等同，

"没劲儿"的疑惑，还连着苦难的起落。

不。"别让我说。那样你就不是玩意儿了。"

时光永在流逝。山川不再依旧。

但"即使不是我，将来总会有记起他们，再说他们的时候的"。

我相信。

一样的月光。蒙着冬晕的月光，今夜又照在记得和不记得他们的人间。寒风在一些宽窄不一的街巷里打着旋儿，寂寂地刮个不停。

准备好了吗？他们的后人。

和从前一样，大上海车水马龙，茫茫人流。所有的心事仿佛一致得像滚滚的潮水，夜夜静得短暂。那间陋屋，那盏孤灯冷清了。"难道热爱人类就必须憎恨自己吗？信仰理想就必须在绝望中生活？"不过 30 年，那个只有半边肺又咯血不止，"寒衣卖尽"，"早餐阙如"，却写下《文史杂抄》《随思录》《狭路集》（如今仅存《无梦楼随笔》残稿）……的年轻"囚徒"死于何时，葬于何方，又是怎么死的，都一片模糊，无从知晓了。《红楼》有梦他无梦。雪芹穷困，还不至于是钦犯——前后已是几十载的沧桑，"新中国"据说是天翻地覆慨而慷了，却何以作家的厄运更加变本加厉？孤岛。一个个、一代代孤岛连成的陆地是百年神州作家群体的真谛，也仍是一个敏感的话题，一团人类精神的谜。那些身体、那些灵魂承受的是何等如宇宙如"黑洞"一般来自人性、来自精神本质、来自世风俗海、来自四面八方的侵蚀和噬啮！阴雨是早已霉了那些孤零零的失去主人的残稿了，它们闪着没人留意的光芒和落叶与垃圾混杂在一起，被送出城市焚烧、腐烂了。一个贫病交加的青年在浩劫中死去。无人记得，无人倾听，无人作传，普通得就像绝大多数人曾经认为他含冤去世，理所当然、"死有余辜"一样（有人记得大约是1966年末或1967年初的冬天）。

曾几何时，多少亿人的一个历史悠久的民族，竟然以为精神于人类似乎可有可无了。似乎政治专制未能扼杀的血性，经济专制也要将它厚厚埋葬——人生，人生到底是什么，成了迂腐、不屑的话题了……

但孤岛屹立着。流逝的光阴被逼退。那个年轻"囚徒"的死是一种燃烧。他的一生是一种燃烧。是没有恩赐，没有赞誉，失去起码的生存条件和人的尊严的熊熊燃烧。一个体弱多病的青年，因为要求独立思考的权利而付出了"最恶毒"的"胡风分子""反革命分子"的代价——牢狱、摧残、饥寒、侮辱的代价，他成为又一个为人类光明的自焚者。他一直在市声喧嚣的深处，在不能"玩"的心跳里，流着伤口一样涌涌的苦痛和殷红。然而，即使是这样的往事，也莫名地陡然无声了！冤案过去，平反昭雪（多么"恩赐"，多么廉价，多么无耻）。然而人也会过去，岁月只配沉寂吗？当代那最纯粹最无功利气息的"沉思录"（《无梦楼随笔》）为什么冷冷地亮着守夜的眼睛？那些穷困中只能断断续续写在零碎的旧账本和学生练习册空页上的墨迹深深刺入我体内的又是什么？没有那样的命运又怎样？像他同时代的另一些所谓的作家、诗人一样以半是热爱半是矛盾半是媚颜半是痛苦半是得意半是自我半是奴性的混浊生涯，留给后人痛心疾首的警示吗？作家的哲学只能是人生的血肉感受出来的。这个年仅20岁就在《文汇报》发表长篇文章，才华出众，曾一次次尖锐、坦率地指出流行一时的"权威"文艺思潮是多么局限的思想者，仅活了36岁。他没有家室，没有后人，没有留下任何遗物和遗言，甚至没有起码的衣食住行（丰衣足食、安居乐业的大上海看不见他在寒灯下把破旧的外衣缝缝补补改为内裤的孱弱身影），却一个人昂着心灵的头颅，面对抛弃他的整个社会，摧残他的强大的国家机器，拨开了一连串沉重的、莫须有的罪名，写着关于永恒、关于中土文化、西方哲学、人类价值、历史真实、苦难、悲剧、理想、人性、真理、政治、经济的思考而非一己牢骚、个人恩怨的著述，这是幸耶不幸？"五易寒暑"，"掇拾贯穿，无所不记"，"共约30万字"……几多磨难，也只能寥寥题记，欲言还休！

也许，的确不必去俄罗斯辨认十二月党人流放的泥泞，借贷陌生的理想、激情和深沉；不必去法兰西感受梦想和创造的伟力，不必去东瀛发掘血性的坚忍和磨砺；不必去康桥牛津遥想学识和人品，到美洲大陆寻找浪漫、感动、解放和不屈。不。不必。就在这里，在物欲和奴性覆盖着的夜正长、路也正长的忘却背后，在也是人类的东方古国，汩汩流过千年不化的世尘里的也有热热的鲜血，别样的生命。在所有苦难的劳役者、承受者、牺牲者中，那个最深最重的群体也许就属于"作家"。他们绝不仅仅吃的是草，挤出的是牛奶和血，也不仅仅是靠思考和表达度日传世的文人，他们曾经背负着千钧苦难，伤残累累，并将永远如此，永远挺立着脊梁——一种与生俱来，命中注定的特征。除非放弃，除非离开，否则任何一点儿虚伪卑俗都是和污点、遗憾成正比的。

在这个群体里，"幸福是鲁钝的，只适合于小商人和母牛。艺术家是靠痛苦成长的，如果你挨饿，灰心，不幸，那就应该感激不尽，上帝对你是仁慈的。"（韦森·布吕赫）规律不会过时。精神的创造和创造的生存——社会的公正不是一个悖论。即使死在生存条件险恶的路上也不是更大的损失或牺牲。因为苦难中的人格比作品更重要，更活跃，也更永恒……

"为什么要争辩？你虽然正确，但能说明什么？能使他不仅了解你，而且同意你吗？对许多人，沉默不是同样也是快乐吗？"（《无梦楼随笔》）

张中晓——这个胡风冤案年轻的"佼佼者"，除了《无梦楼随笔》，一无所有。

然而他是一个作家。丰富无比。

我不知道，作为一个群体，一支家族，古往今来，社会之杂，历史之久，音乐家有多少人曾血战沙场，画家中谁谁曾被通缉，多少医生惨遭囚禁，几个政治家会在胜利后继续自我抑郁苦闷，哪些商人穷困潦倒，几个科学家会决然自尽，多少市民将被世人冷落斥责，多少军人死后不得安宁？还有演员，教师，官吏……多少人多少职业多少追求和生活，纷纷陈陈，谁都肯定有过负担有过艰辛有过悲欢离合和牺牲，但都不是一切，总能均摊，总有不及，总是部分，总可解脱，也总有满足和慰藉，唯有作家不行。

他们不会。他们不能，他们将承受一切，死而不已。没有侥幸，只有天意。因为这是规律，命中注定——如果"作家"这个词还是她这个词的本意的话。

就像人就是人一样。

这里埋葬着赫尔岑——"举起伟大斗争旗帜来反对沙皇的第一人"。

白雪皑皑。物器尘上。没有人停下来，抚摸这和生活一样朴素的墓志铭：

> 他的母亲路易莎·哈格和他的幼子柯立亚乘船遇难，淹死在海里；他的夫人娜塔丽雅患结核症逝世；他的17岁的女儿丽莎自杀而死；他的一对3岁的双生女儿患白喉夭折。他仅活了58岁！但是苦难并不能把一个人白白毁掉。他留下30卷文集。他留下许多至今仍像火一样燃烧的作品。

多么无力的词语——如果仅仅是词语，如果阅读它的只是学富五车的"知识器皿"，那他（她）就绝不如一个穷乡僻壤的朴实"文盲"。因为后者虽然不一定懂得赫尔岑的理想、信念、自由、权利、监牢、流放，却深深地对穷困，对饥饿，对西伯利亚零下几十度的寒冷，对亲人的淹死、自杀、病逝，感同身受；对在常人难以承受的深重苦难里坚强的创造、抗争、劳动，人性相流，甘苦共知，油然而生朴素的敬意。

然而赫尔岑是那么遥远。更多的人没有在墓前停下来。因为他（她）们不是作家。

然而你准备好了吗？想加入这支队伍的志愿者。

赫尔岑这样的痛苦还远远不够。还有——还有你即使写出了传世的书也远远不会如拍卖行的旧画值钱；你呕心沥血、肝胆相照的文字和《二泉映月》《命运交响乐》相比，更难流传，也更容易被忘却；你的创造营养了军人政治家音乐家画家商人等等，却没准儿养不活你自己；你的真话你的灼见被删改、被限制，你将不得不忍受如爱子被斫伤一样的灵魂分裂的剧痛；你们和大多数人一样复杂、普通，"人所固有的我无不具有"，却因为是作家，你们的弱点和七情六欲就将被人们放大并与作品对比而备受八面来风的攻击；你们将由于个性、不满和敏感而不被自己人理解，相轻相恨；你们为之奋斗的事业胜利之时，军人可以衣锦还乡，政治家可以荣华富贵，工人农民能够受沐恩泽，而精神的呼唤却使你们只能够继续创造、追求、苦闷、反抗，甚至绝望，甚至被"同志"打入血泊之中；然而不这样又将受到历史和后人的蔑视和嘲弄……世人有权如此。你们也只能心甘情愿，身不由己。因为精神的天空高于大同小异的利益和躯体！

在这个家族里，鲁迅被通缉，普希金被流放，拜伦参加起义，萨特拼死抵抗纳粹……屠格涅夫流亡，米兰·昆德拉流亡，雨果流亡，伏尔泰流亡，马尔克斯流亡……布罗茨基坐牢，索尔仁尼琴坐牢，陀斯妥耶夫斯基坐牢，帕斯捷尔纳克绝无接受诺贝尔文学奖的权利……海明威自杀，川端康成自杀，茨维塔耶娃自杀，叶赛宁自杀，茨威格自杀，老舍含冤投河，傅雷夫妇受辱自尽……曼德尔施塔姆被害，勃洛克"夜莺被放在油锅里炸"，柔石被枪杀时29岁，殷夫22岁，胡也频28岁；萧红"半生尽遭白眼冷遇"，31岁"身先死，不甘，不甘"……而如今已被遗忘的陈辉，24岁在抗日的华北平原拉响身上的手榴弹和敌人同归于尽，硝烟散尽，只有他生前走来走去构思吟哦的拒马河，还记得那本厚厚的用草绿色土布装订的没有问世的诗页……而卢梭真诚的坦露，杜拉斯昭示隐秘的欲望，巴金心重的忏悔，波伏瓦自我的剖析，胡风被囚禁的二十余年，沈从文在几十载最好的写作年纪里才华付之东流，托尔斯泰82岁离家出走，安徒生的童话里滴着现实冷酷无爱的血泪，瞿秋白的就义和"多余"，罗曼·罗兰为理想的献身至今仍被无知和平庸"调侃"诋毁，路遥为着胼手胝足的平凡世界，43岁的生命已是贫瘠的黄土峁塬烈日下的一把孤魂……林林总总，数不胜数，谁又能看得清，看得透？其他的世俗困窘、生活折磨，更不足语耳！

生不得宁，死无盖棺定论。活着的一个又一个作家仍在继续——谁若为了利益、伤恸、真实而缩回污秽，别说作家之称，别说对不起他们，人之为人，皆不禁发人深疑。

你将是一个孤岛。因此你只能像它一样独自在天穹下承受荒芜、虫豸、孤冷、风雨雷电和地震、海浪，你只能自我生长自我葳郁自我屹立。赫尔岑柔石张中晓外在的苦难时代可以过去，精神追求的过程和内在的生命剧痛却万古长青。因为精神本质是个人的。你还将是一个十字街头的孤岛，因为你是一个作家，无法离开生活。现实的潮水和尘埃汹涌地拍打着、吞蚀着你，你必须承受现实的一切，因为必须既是未来又是历史，既是政治、军事、经济等等社会的一切又只能是自己，既熬煎在生活里又要走在它的前面，桀骜于它，超越着它；永远在风雨飘摇的精神与物质的结合处，在人们并不知晓并不察觉并被忘却的地方，将贫穷、囚牢、枪杀、自尽、流亡、孤愤、焦虑、压抑、苛责、不被理解、呕心沥血、英年早逝、家庭背弃、爱欲被焚、绝望、矛盾、苦闷、摧残不屈、隔阂、自相拼斗……铸成文字，铸成牺牲。因为这是一个牺牲的职业，一种牺牲的欢乐。没有最后，只有永远。

人活着的涵义，就是承担八面风雨，万千细菌，又何况还是作家！

你们各自存在。各自因为承受了一切而成为一切。淹没的只是礁石，只是文字的废墟。

这就是作家。

真正的作家，意味着一个时代，一个民族素质品位的高低和希望；意味着人性里的人性，优秀中的优秀，悲剧里的悲剧，生活里的生活，复杂里的复杂，弱点中的弱点，坚强中的坚强；意味着到处都是对手：社会的、自身的、精神的、物质的、永恒的、短暂的、挫折的、荣誉的、情感的、理智的、美的、丑的……统统旋涡一样时时包围着你，折磨着你，诱惑着你，没有任何人任何画面任何文字能够诉说这人生的万分之一。你们可以没有集体的、朋友的、天伦的、爱情的、生存的享乐和滋润，却不能没有自由、个性、创造、想象、灵魂、良知、责任、义务和精神的疼痛与考验，不会因为独自面对世俗的一切而放弃命中注定的人类精神的使命。你们为斯而生，为斯而死，义无反顾，别无选择，即使富贵如云也自愿淡泊如水，即使唾手可得也必须拂袖而去。你们从苦难中升起的冷峻的沉思与宁静，激活着蓬勃、倔强的后人——准备好了吗？在这个时代，那个响亮的名字必得穿越更多的污杂才能听清。因为进步与愚昧在发展的浑浊过程中魔高一尺道高一丈，不分彼此。

这是一个必然的阶段。

你赶上了。这是幸运。

1993年2月7日于柔石牺牲62年祭日

1993年7月—12月

老　人

　　我略过了他们。当我 13 岁的时候，我就略过了他们。不知道为什么。也许我的天性中就有一种敏感沧桑的力量，也许我的在暑假漫长的烈日下，靠砸石子挣学费的城市贫民长子的童年注定了我更热爱站在他们身后的那些高贵而朴素的容颜，她（他）们已经很老了。我甚至想象如果他们不是伟人，不是社会炽热的符号化的焦点，他们的一生也许会像他们的长辈一样，灞桥烟柳，寻常巷陌，市井民俗，家境变迁，含辛茹苦，淡泊实在，延续绵长，……那样，他们会更有生活，更有故事，也更使我感到亲切和厚重，会使我让过凸现于前的他们这些功成名就的晚辈，而凝视安详、简朴的深处底色，透过传记宣传教材们热闹而干巴的抽象涵义，感受到对比强烈的他们有血有肉，不为人知的鲜活的平民生涯。就像我端详着他们和母亲、父亲合影的照片，不由自主地走入的不是他们的记载，而是呼之欲出的、充满心灵魅力的他们身边的长辈一样。山高水长，日月星辰，他们已经没有年复一年、辛苦操劳的“日子”，没有双鬓霜染的深远，没有想象的亲切了。他们被"话语"抽空了，局限够了。没有活力，没有新意，像爆炸物瞬间（历史的）烟消云散，只留下肢解的记载，要靠放大镜似的证明才能发现新的蛛丝马迹。

　　而福克纳只为卡洛琳·巴尔大妈留下了几百个字的葬仪上的演说。他甚至没有让我看到一张她的旧照片。福克纳著作等身，声名赫然，一生写了多少书，最迷人最丰富的为何仅有这一篇？"从我出生时起卡洛琳就认得我。"半个世纪，她为福克纳的一家献出了一个黑人仆妇的忠诚与热爱。她给小福克纳讲过迷人的非洲家园的故事吗？她围着布裙，结着尊严而美丽的黑亮长发；从密西西比奥克斯福镇的街道上，透过厨房的窗户可以看到她胖胖的忙碌的身影，这镇上几代人的日子和生命就在那儿深邃地流逝。福克纳又能讲出她的几分之几？短短的几百字，远远不会比人们从她身上感悟到的更多，更深刻。她也许曾在一个雨天久久啜泣，浑厚低哑的哭音像阴天的江水一样使人忘记了她还有过爽朗的笑声；老福克纳去世之后，她几十年如一日地呵护、挚爱一个不屑于她的家庭以及并非己出的遥远小镇上的这家子女，那是怎样的感情和灵魂连成的琐屑、痛苦、不幸、乐观和满足的祈祷的日子？她生下来的家园奴役重重，一个睁着大大的眼睛惊恐而沉默地望着主人和橡树的黑人少女一天天长大，她的心里沉甸甸地长出了什么？她的被迫的忍耐力由习惯而自然又意味着什么？她真的像白人福克纳所说的是在没有异议没有算计和怨言的奉献中，诞生、生活、侍奉，然后去世的吗？"每一个十字架下面都是一部长篇小说"（雨果）。当人的一生像一年年厚厚的落叶朴实而松软地覆盖着大地的时候，谁能体会得到并写得出它在枝头承受四季更替、风霜雨雪，蓬勃又萧瑟的忧虑与哀伤？仅仅想象一下她活着的那些年代美国社会的多事之秋——《宣战了。美国美好的自由处在生死关头》（1917 年 4 月 9 日《独立》报头版大标题），想想四处冒险、多次迁移的福克纳家族的秉性，看看满脑子胡思乱想，走火入魔，偏偏又干上最不为常人和世俗生活所容的文学行当的福克纳以及他的三个也不"规矩"的兄弟，老卡洛琳·巴尔大妈的命运和身心就会弥漫成一个多么复杂而无以言说的世界！福克纳深深地懂得这一点。他一生为几个人写过悼词？他已经说不出话来了，一切尽在不言之中。他给了这个注入他行为准则和积极而持久的感情与爱的源泉的黑人大妈同阿尔贝·加缪一样多的深沉、珍贵的文字。她也许并不需要，然而她受之无愧。作为源泉，作为更广阔更深处的生命背景和力量，是她这样的人滋润养育了福克纳，也滋润和养育了加缪和一切的伟人，平凡而不平庸。不管他们也许曾经怎样抱怨或责怪，她（他）们辛劳的皱纹里一定有什么优秀的根脉不知不觉地深深流入了他们的骨髓。源泉是自然而然的，艰难朴素的，她们因为无意凸现为焦点而更加广饶葱郁，清晰地成为一个后人心灵不由自主地沉浸的方向，而前台的他们正从耳边、眼前飘过，遗忘在陌生的远处了。

伟人本来是怎样的？世界或者是我，也许犯了一个极大的错误。

抑或我和世界在平分秋色。只是在这像苏芮的情歌一样成熟、浑厚的年龄，我的疑惑已经比 13 岁时，越来越少了。"没有风雨躲得过／没有坎坷不必走／所以安心地牵你的手／不去想该不该回头。"苏芮把她带着淡淡无奈和深情的歌声献给了世人。躲不过风雨，必走着坎坷的老人们无论有多少折磨多少煎熬，给予孩子的却总是一往情深。那个轰轰烈烈、热血燎原的年代，当我在韶山冲冬天潮冷的泥屋"故居"里，挤在无数躁动的青年男女之中，踮起脚尖，第一次见到毛泽东和他母亲的合影时，被撞得东倒西歪的目光依依不舍的却并不是伟人，而是那位朴实、苦秀的湖南农妇冷润的神态。照片黑白分明。门外韶山冲的水塘、山林、土路、稻田，屋里的蓑衣、锅灶和农具，比解说文字更永恒地再现着她的身影，她的乡音（几乎没有关于她的解说文字，"红海洋"嘛，全是关于她儿子的，记得只是在那张照片下面有"母亲"两字的介绍）。那时参观叫"瞻仰"，出了门，有许多戴着袖章的学生自发地三五成圈，坐在树下、塘边热烈讨论着严肃的人生，慷慨激昂，气氛如潮，仿佛那儿是指点江山、所向披靡的大本营似的。我没有靠上去发言。我发言必得撒谎。因为在那凝视的一瞬间心灵感应的是他的母亲，而非她的儿子伟岸伴立的身影。伟人那灰白长褂的书生意气、器宇轩昂，突然就莫名地像往事一样淡漠浅化了，一个养育了其时还不是伟人的山村孩子的农妇所度过的和众人一样常态、漫长的日子似乎更亲切，更难忘，也更有人性更自然地唤醒了无限的联想和追寻。他是否土里土气地和她说着平凡封闭的乡间琐话？他不听话时，她是否也像我母亲一样一手将儿子拽过来边斥骂边打屁股？儿子也和她使性子、赌气、恶作剧吗？她在堂屋木桌的油灯下看着去灶屋盛饭的儿子光着脊梁的背影时，恐怕从未期望他成为指挥千军万马、宣布一个国家成立的元勋……天安门城楼上身板魁梧、军服耀眼，对着狂热沸腾的百万群众挥动军帽的"红司令"在她的反差中越来越虚幻，韶山冲一个农村孩子的童年、少年也和广播、报纸、教科书喧嚣的超神大话简直毫无半点血脉线索。一切都变得极不真实。我有些不相信什么了，我被自己的念头吓着了，自责连着疑惑，不敢想也想不透，只好自行推诿我不是一个正常的孩子。然而刺激太深了，它使我后来一边仍然信任着领袖和导师的语录，跟着自己的学生队伍奔波鏖战，一边总时不时地想起那个湖南农村母亲沧桑宁静的神情。她的身后是那些必然的、普通的生活，充满纵深感，生命感，历史感——她和我的青衣肥裤的外婆一样从河里挑着水桶上来，用长把竹筒舀着水浇菜；她根本不懂什么叱咤风云，"数风流人物，还看今朝"，不了解什么主义、真理、列强，她或许只希望风车一般淳朴的日子多一点富裕多一点美好多一点希望，让她的儿子多一份绝非惊天动地的小小出息；她也许曾为造反的儿子揪心、失眠，她善良、正直、勤劳的农妇性格使她顶多只能从公正和道德的角度理解伟人的信仰和奋斗；她无法像俄罗斯十二月党人的父母和女友一样，以贵族文化的知识和理性的力量支持震动历史的运动；她的真实而底层的丰满存在似乎使伟人的形象像偶然遗弃在岸边的突兀、苍白的残木。然而却正是她和她的生活哺育了他……多少年来，我一直疑心与其说她成熟了一种属于我的思考和目光，不如说她唤醒和印证了一种感情和天性。当后来又见到居里夫人和她的父亲的合影，读到那本林肯和他的继母的小书时，我才终于谜一样地知道我的生命中有着冥冥的什么，它或许是一种穿梭的原质精神（不是感受，是精神），迷人又超越，日常而潮湿。原来浪漫是如此充润着现实的。也许真的没有比秋深叶落，白桦林边的街椅上坐着的一对拄杖老人（男的穿着黑呢大衣，戴着线帽裹着围巾；女的穿着仿貂毛氅，头巾被风吹起一角）更动人更有魅力的了。他们雕塑一样吸引了阳光，像人与岁月的结晶；他们衣扣整齐，目光像山河一样神秘、平和，戴着手套的手握着慰藉和纯质，那是心地坦然的日子留下的厚礼。他们可有可无地说着简短的对话，飘着久远的回忆层层酿过的淡淡清香，像暴风雨远逝之后留下的轻风的低喃细吟。他们用它，而不是像加缪一样用痛苦的艺术回答着一切——"即：我曾在世界上生活过。"那生活是他们选择的。人无法选择是否来到这个世界，但可以选择生存的精神。它和做过多少职业无关。它在寻找中只有一种，只有一次。只有这种属于自己的有思想的负载是人的印记和福音。

他们珍惜着这种选择。不管目光如何早已远别了雁群一般的孩子，而留下深深的挂念和安详。

因为他（她）们的离去，岁月越来越丰富而常青了。

而我如果感受不到他们秋天般生动的奔流和遗产，那将是真正的可怜和悲哀。

我们去看萧红

“我们去看萧红。”

说出口，心就在那极深处隐隐地疼，隐隐地沉。

好多年没这样了。广寒宫①外的翁郁绿得有些严肃。中大的校园又在辛亥沧桑的历史里了。

风尘仆仆几千里，我从北方自己宁静的内心而来。袖章，战事，血泪，插队，坚忍，坦然……自以为草木枯荣，一身筋骨也几十年了。今日又孤身独旅，重饮珠江水，相逢中大，她不是也给了我那么深的柔情，那么欣慰的漫步吗？有过这么多摔扑，心怎么还会自疼？

原来人性还是那么深远。血还是那么起落不息。

心在哭。男儿的泪永远复杂如土。为她曾对我们这一代的命运睁着独有的明亮双眸，在灵魂里静静地倾听几声孤鸿？为一个年少的北

---

① 广寒宫：广州中山大学的一栋中国古典风格的老式建筑。1993年我去时，为研究生宿舍。

国女孩儿千里万里南下求学，人生地不熟，没忘了翻山越岭找到萧红，归来已是清明节疲累的星夜？为她的知我——在多灾多难的现代文学史上，我最敬重的是先生（鲁迅），最感动伤怀的是萧红？……

萧红是不能妄论的。她就是作品。她以生命书写生命，而不仅仅是在文学中向往什么，印满知与行的文人的犹疑。她留下的不是文学而是血肉和灵魂。她的人生就是艺术。人类以悲剧的名义所展示的精神意义在她那儿万古长青。她是不可替代的，因为她是萧红。世上只有一个这样的女人这样的生命。而那些以前人、别人的学识为营养的为文者，谁有了学识都能写，大同小异。不过是以活人的目光将死的书本抖到阳光下再挥发几次罢了。

有着为奴隶的萧红，我才感到心原来还未被生活、意志、理性熬炼成石头。

且也许永远不会了。

女孩儿懂事地不再说话。阳光穿过兰圃的长廊，一阵风吹散的燥热又聚拢而来，石条上相坐的人依旧汗涔涔的。一阵愤慨，一阵伤叹。人怎么能连美也忘却了呢？不是人人都在渴望都在欲求美吗？忘却苦难似乎情有可原，因为要活下去而解脱；忘却美却是为了哪般？杜拉斯说——因为只有感到痛苦，她才能理解一个故事。"如果没有痛苦呢？""那么一切都将被遗忘。"

遗忘。米兰·昆德拉极憎恨的人类之庸也是遗忘。这年头的人们怎么了？

…………

她说，她的清明节印象是墓地荒败，枝柯无遮，热带的春阳烫晒着水泥石子的旧冢，久无人迹，仿佛已无人知晓 1992 年是萧红逝于日寇战火的第 50 个祭年了……萧红，不是我的血泪中的红卫兵冤魂，不是某家某户生老病死的悲悼，是贫病交加、"半生尽遭白眼冷遇"却奉载着《生死场》《商市街》《呼兰河传》的不幸身心，是一个中国女人的命运、才华、血肉在黑暗、抑郁的年代，屡屡抗争、多舛，怀着难以想象的"身先死，不甘，不甘"的绝痛而离世的 31 岁！31 岁。多少两手空空、无质无心的人说是"过把瘾就死"，却照样花天酒地，混迹于世，活得好不健壮，好不春风得意，摇头晃脑！……胸如堵。日如毒。广州城红尘滚滚，物欲横流，人海茫茫，车流如潮。萧红在何方？银河公墓在哪里？瘦狗岭远吗？一问再问，多人不知。也许又要像那年在青岛，去找康有为先生墓一样，走到山下问了多少摇头的路人，却是一个老农似懂非懂地指了指：山腰上好像有一个墓，修过的，不妨去认认，顺着这条冲刷的干沟往上走……哦，遗忘——可这都是为了中国而奋斗的近现代史的先驱呵！他们命该如此吗？

满街的店铺，乱如逃难的聚散地。车拥人挤，汗味尘味汽油味，啃噬着千疮百孔的时空。仿佛地球旋转的不是自然不是人生和历史，而是叮叮当当撞来撞去的钱财似的。

堵车又堵车。找公共汽车站牌，查地图。错了，往回走，再走。索性步行。原来她还是人生地不熟，不仅记不得去银河公墓是哪路公交车，连一句粤语也不会说。烈日晒脱了皮，双臂又火辣辣的了。这是寻找，是心愿。没想到她也会懂——去看萧红，坐出租车是不舒服的。她病着，腰沉气虚，步步都得忍着，忍着。忍着烦累和酷暑，忍着心燥如同这旱天，土地干坼，热光弥漫，仿佛永无尽头。然而也许将来我们会有一个慰心的回忆，会记得年轻的时光里，不是为了还愿，不是功利的驱使，不是像进香的教徒一步一磕向着远方，是为了人，为了生命的必然和天意，我们去看过萧红，苦得心安，累得纯粹，怀念无穷。

我们爱着严肃。它那么自然而充实。我们有我们的日子。它很快就把繁忙得已经无日子可过、只有挣钱的马拉松无休无止地穿行的街道留在身后了。

银河公墓，幸哉。广州城还没有算计到连这儿也设卡收钱。葱葱郁郁的密林，愈走愈静，市井的车声楼影仿佛是来世的玄事了。

女作家萧红同志之墓……

红字之碑，嵌在水泥石子砌就的墓塔正中。上方是萧红的白瓷黑像——短发，有些微笑；凸出的花叶浮雕衬托着它们。底座的四边是九根抹灰砖柱相连的小小的水泥墓栏，方柱上的圆顶有的已经失落了。到处砖迹败裸，裂缝犹深，覆盖墓塔、墓栏的黑苔被晒卷了皮……

"同志"？绿山之顶，龙眼树下，不知萧红有没有"高处不胜寒"的凄清。她一生在底层在"牛车上"颠簸，如今在她的阶下，烈日正无遮无拦地烤炙着她生前也在其中的"民众"们的无数低矮半圆的墓群，更行更远的萋萋草木要将她的视野隐隐掩没了。

"如果是'女作家萧红之墓'就好了。"她说。

我们点燃了三支香烟，插在墓前残砖的缝隙里。很老的"哈德门"的牌子，袅袅飘落在旁边参差的杂草蕨叶里。

记得萧红是抽烟的。记得她的身世的极苦极不幸，漂泊如萍（如果不是兵荒马乱，不是在艺术刚刚成熟的三十一岁而逝；如果她再活十年二十年，生活能有所温饱和安定，萧红的艺术和人生，也许会更炉火纯青吧）；记得在她的时代，个人的反抗是作为个人自由也作为历史、民族的解放而存在的，奴隶们绝不是如今的奴才，绝不以奴性的随波逐流去拍卖灵魂和良知，不择手段趋利附势、沉渣泛起还自诩"新潮"，且厚颜诋毁奴隶们的觉醒；记得她生前的不屈在那些苦难的岁月犹如冰上覆霜——一个心地这样敏感、执傲的女子，从黑龙江的呼兰一次次逃难哈尔滨、北平、青岛、上海、重庆……最后被庸医误诊，割喉切管，贫病无着，恨逝于 1942 年兵荒马乱的香港，死后又几无安身之地！草葬处的香港浅水湾，偌大的地方，竟被钱买了去，容不得一抔孤坟，只得于 1957 年再迁葬于银河公墓。但愿，但愿这儿是她的"我将与蓝天碧水永处"的宁静息园了。

1911 年。1942 年。1957 年。我真有些相信"天地不仁"的老话了。

苦难，为什么像影子一样巴着萧红？

烟燃尽了。树影稀疏，蝉却不鸣。

墓前几株小棕竹、小扁柏也纹丝不动。晒白的山土上蒸腾着午后白灼灼的热浪，朦胧着远处的山影。身上粘干的汗又湿了。

几十年前，也是这样烈日炎炎的酷夏，一国两境，一桥之隔，不知广东的文化人是怎样将萧红接过罗湖桥，亲送骨灰到桥头的叶灵凤先生又是一番怎样的心境？多年以来，叶灵凤在大陆人们的记忆中已经杳无音讯了，只留着先生（鲁迅）的斥责和所谓"投机""汉奸文人"的帽子如定论一般 ①。然而正是这个叶灵凤，曾和诗人戴望舒踏十里长途去凭吊已无几人记得的萧红，在她的坟头放上一束红山茶；也正是他，在萧红的孤坟有被铲平和湮没之险，而萧红在香港又无亲人出面过问此事时，带头发起为萧红迁墓的活动。奔波操劳，主持安排，亲送萧红骨灰平安返归大陆……义举卓卓，人性泱泱，却朴实无华，无功无利，深入人心。如今叶先生早已作古了。然而人何以论之？金无足赤，人无完人。有些事看似不过尔尔，真要以心以信念去做者又有几人？仅此一举，叶灵凤先生的重义重情，人格人品，在连感情这人性

---

① 新版《鲁迅全集》注文中，已删去"投机""转向""汉奸文人"的帽子，改为："叶灵凤，江苏南京人，作家、画家。曾参加创造社。"可惜已去世的叶灵凤先生已经不知道了。

最后的退路也已成断壁残垣的今日，已是高贵于世人之上，深深为人敬重了。

"和别人的墓不同。除了棕竹和扁柏，只有萧红的墓前有两株扶桑。只有她有。"

沉默了这么久，她看着我拍照，看着我默想着骆宾基先生《萧红小传》里的一些话，终于以一个女孩子的细心，轻轻地说了。

真的只有萧红有。谁种的？扶桑的枝干粗壮得有几十年了。

萧红没有被遗忘。

我扶起了累得面色仿佛老了几岁的她。我知道自己不是一个会怎样呵护女孩子的男人。当年我们相识时的那些白杨会久久记得，眼前的榕树、龙眼树和瘦狗岭会恨我。我没有理由牵着单弱年少的她跟着走南闯北的一个男人这样奔波，却又不能劝她不去看她也热爱的萧红。我也许永远不能懂得一个女孩儿的理解和情愿，也永远不能懂得不向别人诉苦的萧红……

我只是来了。

三十多岁，五千里路，风尘仆仆。

为着——寻找萧红，看望萧红。

"我将离开。我将远行。"

我们懂得骆宾基那本书"后记"里最后这句话的分量。

天色近黄昏了。回中大的路还要走很久。

以后的路更长，更长。

她一步一拖，仿佛要用尽二十多年的力气。街灯下，我们又回头望着广州城的东北方，广汕公路上那一片夜空下的瘦狗岭和银河公墓——萧红在那儿。

在那儿的山上。面朝南，从山顶数，第二排。

墓栏前，只有她有两棵成年的扶桑。

它们绿如呼兰家园的往梦……

1993 年 7 月 7 日—7 月 28 日从萧红墓地归来于湖畔

阿斯塔波瓦车站

　　一切都仿佛过去了。简朴的站长家里，陈旧的圣像十字架像天国的光辉一样凝视着他，他的一生和不屈的灵魂，以及朴素的床单和棉被……哀莫大于心不死。一个人的身心何以能曾经久久地承受那样炼狱般的煎熬？人不是有限度的吗？古老而厚密的白桦林在木屋外亘古地沉寂了。再也无人有资格苛求他。

　　这个愿望一定折磨他很久了。很久。从童年雅斯纳雅·波良纳村的荒野直到从那儿出走，八十多年，有谁还在生命里执着地冲突着早年的倔拗和向往？他终生自责着，追求着，痛苦着，实现着，矛盾着……天性里集聚的是古往今来多少代人永生永世不竭的激情和力量。它们有多少成色就有多少不死的折磨！他就是历史和世界。他超越了他的安娜·卡列尼娜和聂赫留朵夫。"把生命坚持到最后一息。"他曾在日记里写道。生命的坚持不是被动的，不是年轮方向不明、意义全无的周转耗费。这个喀山放浪而勤勉的大学生，高加索战争的泥泞里吃苦耐劳又桀骜不驯的中尉是我们中间的一个。我们，谁没有一次次愿望的冲动，一湍湍矛盾的起伏，谁又能不顾一切地冲决其实没什么大不了的缰锁去葱郁自己？它们在被忘却的时光里曾撒满年轻的足迹，但很快就被世尘团团覆盖了，连抖落一瞬的勇气都没再振作就终生退却了。不再有耻辱感是已经耻辱满身，就像已习惯了流行的噪音。那个渺小短暂的现实不过戴着貌似点心的面纱而已，我们苍白的手套就竟连握一柄涂了银漆的木剑去决斗的力气也殆尽了。喧嚣挡住了内心深远的呼唤，沉沦压得天性喘不过气来。然而又是自找的。多少人在阳光下匍匐于黑夜，像周围的脚气。"人"，在蒙着积埃的识字课本里僵硬着，天空仿佛永远地黯淡了。

然而他走了。天空黯淡着。乌云低垂。深秋萧瑟的白桦林送行着一个胡髭密密的垂暮身影。他的心疲惫而刚毅。这是俄罗斯永生难忘的一个实实在在的深秋。一个继往开来、源远流长的年头。由于他独到的生命，博大深厚的俄罗斯文化将始终不渝地流动着鲜活的走向，人类将又一次弓起那支灿烂历史的血脉。现实忙乱而空浮。在我们匍匐萎坍的屈辱里，82岁的他燃着他的愿望，一步一步扶着树身，望着远方，心地安详地前行。而我们的年轻从此黯然神伤，枯槁日重，虚腐匿迹。它死了。不战而亡，未试即输。

他出走着。这是生命的开始，也是生命的延续。为自己也为人类。它在贝多芬那里抽象成为战栗而坚忍的《命运》。命运。"生还是死？"哈姆雷特低垂着火山一样的头，城堡在苦思痛寻里像岩浆一样渲流。太阳也仿佛在深处求索。沉沉的天空下，逶迤而广阔的森林仿佛永是乌蒙的黄昏。落叶阴湿松软，只有一阵孤傲的脚步声由远而近又由近而远。他向我们走来。和他相比，日复一日的卑琐计较已不屑挂齿，太阳大空森林和土地也只是久久沉默的证人。他是幸福的。"我现在站在十字路口，就是说，要么前进（走向死）……要么后退（走向生）。"这样说的时候，他已73岁，止度过那年夏天一个"可怕的夜"。多年以来，他心灵中的急风暴雨从未平息，它们相持而激烈，一些愿望一些时机已经错过了。"这不是生活，只不过貌似生活。"他始终在极端痛苦中寻找生命和灵魂的去处。它们在何方？可怕的不是眼里只看到现状的花草和积垢，而是心灵感受不到生存的白云和蓝天，更没有胆识舍"小"求"大"，舍"低"求"高"。他尽心尽力地走着，向着南方，了无牵挂。森林漫无边际，下雪前的阴沉和寒意使无风而落的枯叶阒无声息。他苍老的脚步扰起的鸟儿又在身后若无其事地觅食轻语。"过去"已经远隔千山万水，再无痕迹。82岁，多少人在无可厚非地颐享天年，儿孙绕膝；多少人已经心老灵衰，抱残守缺，一天天等待上苍的收取；多少人也能劳动到最后一息，但能听从生命本质的呼唤，冲决勉强迁就的天伦，不吃老本，舍弃既得利益，再生似的改变已有的生活轨迹者，又有几人？借口永远是现成的。而他一生都在反抗、叛逆、冲动、向往、追索、行动、思考、自责和完成自己，直到82岁的深秋连根拔起的最后一击（而我们还多么年轻，多么有种种可能性，因而连"借口"都无颜说起）。"生活是运动的。""我感兴趣的就是这种对社会的探索和蔑视，内心世界从不止息的斗争。""谁如果不研究作为人的自己本身"，"自身的人类精神生活的奥秘"，"他就永远不可能进入人们的灵魂深处"。人，人类，精神……这是生命的知与行的狂风巨澜。他已经为这个世界做得够多的了——他写下了几百万字为奴隶为公正为不幸的祖国和生活的良知与责任而呐喊而泣血的有力文字；他已功成名就，被誉为欧洲的天才和伟人；他不是靠征战、权术、屠戮去争霸夺地而显赫的；他的著作和名声在世界各地传播，他的《战争与和平》《安娜·卡列尼娜》《复活》至今流传不衰；他的一次次莫斯科之行使千百万自发送行的人们热泪盈眶，在如林的头巾和手臂的挥舞里使火车缓缓难行；他的雅斯纳雅·波良纳庄园彻夜灯火通明，畅谈着来自世界各地的名流和仰慕者；他的评论、采访、回忆源源不断地泉涌于报刊杂志和街谈巷议；人们关心着他的思考、健康、消沉、表态、家庭不和与行踪；他的敌人将他逐出教会，查禁他的书，抄收他的住宅，围攻、诽谤、诋毁着他的一切，传播着他和他家人的流言；他的妻子儿女不理解他对穷人事无巨细亲身躬行的同情和关心，不理解他博大精深的内心和焦灼的牺牲，激烈反对他将土地、庄园、钱财用到最该用的地方去——捐献给饥寒的农妇和骨瘦神滞的孩子，反对他以人性人权良知责任的名义孤愤而起，鞭挞黑暗专制的一切——他们知足而安宁，实惠而随流；他们不明白他身为贵族，荣华富贵，家势显要，他的奋斗和言行社会公认，德高望重，青史留名，他还想要什么？何必再自讨苦吃，自找罪受？他们像巨大的沼泽和枷锁，在人类束缚和庸俗的惯性强力里又深深勒上几道牵拽的绳索，使他一次次试图离去又一次次归来，一夜夜自责自恨又一年年随遇而安——多少人从此放弃从此麻木从此自欺自慰从此回心转意从此满足从此无为从此有心无胆从此阿Q下去，被内心折磨的地狱吓住，在那扇黑漆漆的狱门前徘徊而逃。而他走进去了，走过去了。他还要人的永恒，要生命的本质，要情愿如此要天性要身外之物毫无理由压抑的那个自己。他完全有权按这样的意愿生存下去。他要抗拒和激战、冲决不属于人之自我的包围。"我不服从！"他"在清水里泡三次，在血水里浴三次，在碱水里煮三次"，在人类几乎所有的人都经历过的愿望和现实，向往和行动，是非与利益，美丑与感情，知与行的纠缠、分裂、厮杀和熬煎得无以言说的复杂惨境里不是骷髅而是太阳，不是堕落而是升华，不是痞子而是战士，不是肮脏而是"纯净得不能再纯净了"。他向永恒走去。一腔彻底的解放，一身纯粹的光芒，以82岁的高龄，以"这是最后的斗争"的坦然，从此永远"进入了人们的灵魂深处"。1910年10月28日，从雅斯纳雅·波良纳到阿斯塔波瓦小站的俄罗斯森林和乡间土路与这个日子一起成了人类自由的纪念场。

因为一个名叫列·尼·托尔斯泰的老人，一个 82 岁的和我们一样的普通人，为着人的求索和完善，割舍了一切天伦和享乐，富贵和功名，满足与健康，在最后的生命里，独自坚守着，穿着朴素陈旧的黑毛大衣，正艰难地越过年年落叶的森林，跋涉在世世车辙的村道上。这时天空云重辽远，大地广袤无垠，平平常常。

　　他走着。人是有限度的。但追求是没有限度的。他超越了自己。可笑和被忘却是现实永恒、不变的定律。是天意。他蔑视它们。

　　他经住了考验。内心世界的战争已经过去。这个愿望在硝烟里曾是那么自我又那么沉重和忧郁，在它一声紧似一声的持久呼唤里，所有已经实现的奋斗似乎都微不足惜。原来该匍匐腐烂的是现实的观念、困囿、犹疑和利益。在人的理想、浪漫、天性和艰难的探寻、不息的追求、绝美的境界与豪迈的胆识里，它们竟短暂、可怜得不及一缕轻烟。他终于笑了，远方的地平线坦荡、新奇。他是秘密离家出走的，没有人同意也没有理由要征得任何人同意。这是命定的抉择，完全是自己的事。一路上没有人认识他，收割后的田野一片荒凉。他要到南方去，在素不相识的农民那里定居下来，彻底脱离庄园里的那些劝阻和日日跟随的名利和贵族身份——他认为在多灾多难的人世，仅仅用一支笔抗争而不身体力行地受苦受穷是一种虚伪和耻辱；他一直做得不够好，不够彻底。他要在陌生的穷乡僻壤实现自己梦寐以求的胼手胝足的劳动愿望，和他所关心所属于的穷苦大众一起同甘苦共患难。他不属于为了个人的飞黄腾达衣锦还乡小恩小怨另谋生计而离乡背井流落他方的"打工"人潮。那个著作等身、名扬四海的列·尼·托尔斯泰已经不存在了，复活的是一个新的普普通通的以良知和责任实实在在生存的老人。他艰难地走着，几步一歇，路仿佛没有尽头，身上的大衣越来越沉重……这是最后的斗争。他终于病倒了。掩在白桦林残秋枝柯里的阿斯塔波瓦小站的青砖木栏遥遥在望，寒冷使年迈的手脚格外冰凉。血已经不多了。他虚弱地喘息着。只走了两天，壮志未酬。他想象着将要实现的那个愿望那个梦想的美好和朴实，那片田野那间茅舍那盏油灯那些牛圈，那些农人的劳动和生活，颤抖的手又一次按着喜悦、激跳的心胸，身体的不适仿佛被一阵焐雪的湿风缓缓吹散了。他又挺直苍老的身躯，咬着牙，一步一步地走出了森林……

雁阵远去了。长长的铁轨和高高的扬旗单调而寂静。

阿斯塔波瓦小站好心的站长收留了病重的老人。七天七夜，天空一直阴沉着，更寒冷的冬天就要来了。他躺在简陋的木床上，倾听着窗外寂寞的风声、落叶声；偶尔驶过的车轮的震动一次次使他急剧地长咳不止……站长一家关怀备至的呼唤和脚步越来越轻柔，也越来越焦虑。往事在消失，波良纳、喀山、高加索、莫斯科在消失，风暴在最后的微弱雨点里平息了。他在自己的愿望、追求和梦想、幻觉里静静睡着了——安详地倒在这个陌生的小站、陌生人家的木屋里。这是他最后的欣慰。1910 年 11 月 7 日，列·尼·托尔斯泰在几个过去不相识的普通人的啜泣中与世长辞。

陌生和不相识是因为他倒在新的寻找之路上。

只有两天。路很短也很长。他已走到远方。人类天性与灵魂的远方。

它是人的价值和真谛。

阿斯塔波瓦小站聚集了越来越多的人。他（她）们来自彼得堡、莫斯科以及俄罗斯和世界各地。他（她）们神情肃穆而忧伤，流着共同的情思和力量。小站从未见过这么多来自四面八方、衣着不一的各种各样的男女老少。木屋分不清哪是森林哪是人群，哪是哭语哪是风声……许多年后，还会有许多的人来到这里，献上他（她）们的鲜花，永远记住萦绕梦中的阿斯塔波瓦。

"如果他真的死了，我的生命就会变成一片空白。"安·巴·契诃夫说。

⋯⋯⋯⋯⋯

"欧洲有谁能够和他相比？"

这个同乡又自己回答：

"没有。"

于是搓搓手，满意地笑了。

他就是弗·伊·列宁。1920年春天，这个极其敬重列·尼·托尔斯泰的伟人亲自下令将波良纳村和阿斯塔波瓦小站站长家的屋子永远保存下来。

在列宁的图书室里，珍藏着几乎所有托尔斯泰的著作以及论及作家生平与创作的书刊。他反复读着它们，写着关于它们的笔记和文章。"那本显得破旧不堪的《安娜·卡列尼娜》已经让他读了上百次了"，他的情侣克鲁普斯卡娅写信告诉友人说。

而作为人，托尔斯泰将千万次比他的作品更不期而生，源远流长。

途中的根

　　透过 1973 年很政治的时光，小镇的两处十字街口刮猛了冬天的南风。太阳依旧离灰茫茫的天色远远的，也离人们的心态远远的，仿佛都早已习谙了不足为奇的严寒似的。但镇郊那爿几百平方米的简陋厂区，三排平房车间里孤零零的机器和围墙边一溜唯一的南北走向的煤渣小道，以及小水池旁边的野椿树，却在静寞里感受到了异样的气息。这是一个厂休日的上午。大门外一条掉漆的社办衡器厂的木牌把镇上的世界挡没了。大多数住在农村和少许住在街巷里的工人都回了家。厂子里显得格外冷清，好像平时也不曾有人来上过班似的。这时只有一个学徒工独自伏在小水池边搓洗着衣物。水很凉，他洗得很费力。车间里有的是烧碱和肥皂，他用它们一盆盆浸泡着衣物，然后用刷子刷，用从几千里之外的南方带来的旧洗衣板一件一件狠狠地搓抔……他一直自己洗衣服，大约从八岁就开始了。那时工钱是没有的，但要做的事好像比现在还要多。当年的家已在很远很远的地方，很深很深的心里了。人已经无望归去，已经思念得苦到极处，于是认了。他不知道这样日复一日地做工度日，周复一周地刷洗油污的衣物，豪情已在生命里不甘心地失去了许多。人开始变得狭隘，变得盲目和脆弱，以至这偶起的南风带来的兴奋，这样一个洗衣的时辰，后来竟长久地留在了十几年的诧异里。它们似乎是他栖居鲁南小镇的时代唯一的温存。南风里也依旧寒冷，水泥砌就的小池子在一排平房的背阴处，四周的地上黑潮潮的，几绺稀稀落落的枯草粘在上面，做证似的陪伴着一些莫名其妙的残缺足迹。厂区里一直静得像一座古宅，他没有好奇和雅兴，像后来做旅游者一样在五峰山的明朝道庵遗址里打开一扇扇老旧的木门。他开始细心地刷洗一枝绿茎白花的"茉莉结"，很随意地除去一缝一瓣里积久的异色。他一遍遍地使用碱和肥皂，一次次冲洗，不停地用手指抚展已揣压得变形的花瓣，像假期里一个无聊、认真的孩子在打发着时光。那枝"茉莉结"比昔日刚从拈着它的小手里接过来时更加晶莹了，他于是有些渴望再次感受到它随着她飘着活力的裙子一起走近身边的气息，渴望那已经无关紧要的太阳能像从前一样照耀着他们。他很冲动地听到了一个女人安详中透亮的心跳，怦怦，怦怦，就像说了谎一样。他从未问过那枝"茉莉结"是不是她亲手编织的。少时的交往不过是一种需要，他不可能了解她有多能干。这只是油然、平常地相识了很久的唯一纪念。那个时代很严厉。它不想宠坏任何人，于是就放学生们到江湖上去争天下、决雌雄，去落草插队、就业打工、喝酒骂娘、忧兴忧亡、招安上学……几起几落。不过一个史无前例的"大熔炉"罢了。只是那时的即使是不知什么是爱的可笑也比后世的物质实惠高贵多了。就像以后回到故乡，他走在哪儿都能听见回忆一潮潮地问他是否别来无恙一样。他没有忘记把这些话一股脑儿地告诉一个男孩，连那年头经济落后得连尼龙绳都很少见的细节也不放过。他说那枝"茉莉结"就是用很稀奇的白绿两色的细尼龙线编织的。它很结实，很新颖，也很真切（男孩确实觉得新颖，奇怪地睁直了眼珠子）。

花瓣半皱半平，像极了桂子江畔那些处处如云如簇的真茉莉花自然的原态。那个女人很温柔、健康、早慧，有一份善悟人意的感情，而学徒工心地高高卑卑，敏感又复杂地从1966年混到二十岁，已经觉得她不尽夙愿了，却又总是如饥似渴地被依恋折磨得够呛。她是他那年头唯一的女友，唯一的牵挂和难得的歌唱。江湖岁月催人老哇。他说。以后再也没有过这样温湿的南风中有爱的思念和笑意了。这时男孩问：

"她说过谎吗？"

"当然。说谎有时很美。这要看心事，要看全部。她告诉你她在说谎。你没问过，她就公布她说过谎，这和那些让你觉察她在说谎的喇叭们不一样。说谎与说谎不同。这很重要。"

"她喜欢茉莉花是吗？"

"这话不能问。永远不要问。如果开口问你所爱的人喜欢什么，或忘记了她（他）喜欢什么的人都不是自己人。他们将自己抹去自己。"

"怎么知道呢？"

"去感觉。"他说。

男孩不懂了。他的绒线帽下的小脑壳里有他自己的歌。

他们就去玩起了电子游戏机。一个打了一千六百分。一个打了三万多。男孩真行。他想。

他爱所有的花。它们必须是活的，自生自长。这样，它们就不是十几、几十年后被人啧啧懊悔的一件将决定命运的凭证、一张支票或一笔财产。

他将这份谏文写给这个男孩。然后在一个黄昏放心地死去了。

黄昏好哇。黄昏是杂色的，有白天也有黑夜。

还活着的时候，他琢磨。

那个厂休日的上午，她也在做着什么。一些默默无闻的日子勾勒了她的轮廓……他总是一无所知地让她在风里雨里干着自己的营生，带给一个男人、一个朋友多年来久久凝望过的曾经沧海的鲜腴和富足。这是吃了比不吃更饥饿的命数。许多的变迁过去了。当他还算珍惜那些难离难析的过去，当那个上午暖意徐徐的声气已粗粝不堪地留在嘎嘎吱吱的滋味里的时候，他知道今生今世是再也感受不到像她那样无论多么艰苦，多么繁忙，都总能坦然、充满乐趣地尽心尽力的女人了。他再也没有相遇这样的她们，抑或是成熟使他失去了衍生她们的心域和目光。

　　这种人是怎样使与世相连的操劳充满生气和欣悦的呢？用心灵，用爱，用胸怀、本性、素质、理智，抑或是像印第安人那样凭直觉和神谕，那么这些又从何而来？他知道她有她的尊崇，哪怕仅仅是为了情欲。而如今他的感慨里却只有她那飘着灵气的眼神、笑语和裙翼了。它们和她一样正常。怀旧从来就是不属于思想的玩意儿。他有过也见过那样一片似谜非谜的江湖的青绿，她还在那里那样地活着，这犹如咒语，只是涌上掌心的汗已经很生疏了。

　　让那枝什么"结"萦着积久的旧色，让它卷着揣折的花瓣也许才更是它来时的样子吧。"送你一颗心"。她当时拈着它看着坐在竹椅里远来还要远去的游子，等他走过来。杀人者武松是也——江湖上没有规矩。在他的故乡，美人蕉是一种巫术。她就那样站在靠窗的床边，把这样还算重要的事做到了家。就是从这一刻起，学徒工开始明白凡是真正懂得生命中什么为最重要的人，做起那样的事来都一定是天然的。他用这种感觉判断了一生的是非。那些大大小小的人人们们，不是不会高兴就是胡乱痛苦，一派眼不见为净的人造风光。然而古往今来，那些丰饶而磊落的人都是身心相一的，想的和做的，要的和得到的不相违，于是有人才能理解那些为良知、事业、情感和正义付出极大代价的人为什么总是由衷地感到豪迈和自珍的缘由。一些年月极漫长耗人的痛楚和消沉，不也就是因为做不得心里想的，说不出愿意说的，没有机缘与气候挥洒身心吗？不久，那日的阳光也终于移去炎热和树影了，只有楼下的街坪依旧流着人语和车声。学徒工渐渐感到仿佛与她素不相识似的，像面临一个突如其来的幽默，底下藏着只有很有悟性的心灵倏然会意后才能恍然大觉的智慧一样（就像合上电闸接通电流）。这不够虚伪。他有些严肃了，无以名之的宁静。有一些感情在多舛的志向里总是来不及颤动就嘀嗒过去了，除非你有意绝不修理自己的天意。他知道这不是闹着玩的，圣旨御牌也不起作用。她这时走了过来，把那个"结"放在他想要的手心里。"我懂。"她说，"别丢了。别多想。"说完就完了。似乎比他更笃实，更像代他买了一张单程的飞机票。这可不是闹着玩的。可是这有什么。她居然没有拉上窗帘……一个很肌肤的音节弹过去了。她做了。以后就是别人的事了。同窗还是朋友，抑或成为别的什么，他知道怎样做都可任意。他们都有力气互相尊重各自的一切，只要互不欺骗。很久以前她说过，男人的梦里要有血，要有桥。这是他从别的女人那里凿不到的圆心。她柔气而自信，十几年的规脚如一个句号，她再也没有举手企祈需要的雨夜，也许一生也不会再提起那枝什么"结"和它天旋地转的夏日的情怀。这可不怎么好。他想。收获前总得有一个信号。她也许不信"命"，所以任"命"自然而然地来去——这已经不必问也没有理由问了——后来发生了那么多200岁也无法解答的多角多棱的"结"，如今蓦然摇落的时候，不是甚至已不清楚在早就用老去的骨节握紧的拳心里，怎么还有那样一缕痒痒的后遗症吗？那是我。绠短汲深，曾经被时时的冲动展开得翻来覆去，刻骨铭心……终于试着回答什么了。就像曾把那枝"茉莉结"保存了许久一样。在各自已经不再说起当年的不惑之年里，没有人要求他这么做。如今有"结"无"结"的旧物都不知何处去了，连同它们蔓生的丁香和苦艾的想象。只有它们肯定是嘲弄不得的。他坦然地想。可是他已经把它们丢了。丢了。他坐在宽敞明亮的候机厅里问着自己，远处的城市渐渐模糊了。

停车场上卷起了春天的风沙。人影们成了一尊尊印象。人类空间的距离已经变短了。几步之外，那幅壁画旁边的玻璃间里的桔色电话，就可以随时打到世界各地。可是他想问候谁呢？如果普希金还活着，他所爱的那个女人也许不再能为了不使爱她的诗人伤心而远去希腊，在很远很远的地方死去而彼此杳然不晓了（他们相爱在俄罗斯敖德萨的海滨，她至今仍是普希金女友中最鲜为世知的一个）……他没有普希金那么多麻烦，也就没有他那么幸运。他站起来，听不见踏在光滑的大厅石板上橐橐的皮鞋声，即将搭机飞至的目的地已经不确切了。身后那件行李、那张机票的指向也显得似是而非，犹如一册国产的历史。我有些衰老了。他想。我得修复自己。即使世上没有了凤凰，人也不该在猫头鹰的树下歇息，人毕竟是人啊……

丢了就丢了吧。他又换了一个频道寻思。那件最早的棉衣，那支父亲遗留下的"关勒铭"金笔不也丢了吗？……他怔怔着一直到班机降落另一座城市。他在耳鸣中，又走进了一片灯海人河的熙攘气氛里，就像那个厂休日的上午洗完衣物走在回宿舍的路上一样。

他很会不以为然了。

如果这不是一个女人，是一个在心里长着却没有说出的承诺又怎样？语言就这么重要吗？他开始一一数起那些后来丢失的真实的心物了：日记，书籍，信件，袖章，传单，照片，指南针，还有那双最后跟着他从桂子江走向湘江的草鞋……被该死的抄家者拿走的就不论了，那些本来记得很牢的反刍呢？它们看见过它们希望看到的烙印——在枯竭、哀痛的风景里旋转着金黄、微妙的阳光。这些阳光没有了以后，它的生涯也就不完整了。

我们只剩下花圈了。他后来对那个长大的男孩说。

他想起了梵高那幅最有表现性、最殚精竭虑的画:《摇摇篮的女人》。1889年,梵高从巴黎来到阿尔勒的寻求中(巴黎没有绘画),让风把他的精灵播洒在燃烧的天地之间。梵高不需要观众,因为黄房子不是一截徐徐而止的幕布。他把自己还给天意,背负着吸引了多少世纪的不可理喻的目光。这样的孑孓怎么独自蕴含了博大和永远,集合了多少人的毕生蹒跚都难以企及的辉煌?别的人们为何捆在一起依旧微弱而平淡?这是"命"的源流绝对无法启示的真实。它的理性一直在《摇摇篮的女人》里游离。在那方画面的靠椅里,端坐着一位年长的女性,一身现实入骨的神情。她把交叉的双手搁在椅围上,手里拿着一根绳子——这根绳子正把"摇篮"提示在画面之外。在女人肩部的上方,自在的、活跃的精子和卵子在恣肆生长(学徒工懂事以后这样理解着那些含有象征意味的"花"状和"点"状的形体)。画面诸种不同的色彩和形态的强烈反差,令他深深震惊了。它们似乎在暗示女人来自于那些"花"和"点",又从丰满的身体里孕育、发展了它们,于是导致了人造的和自然的双重世界(就像双重人格和人造革与牛皮、羊皮的双重物质一样),它们此起彼伏,各自"活"得迥然不同。这是一场真正的永恒的战争。一种"从哪儿来,到哪儿去"的意味深长的倾注。双方杀得天昏地暗,难解难分。而且似乎越来越难解难分——于是一百年后的当今时代也就不过充当了未来小小的证言。那些"花"和"点"时时俯视着女人和绳子(还有"摇篮"),构成质的对比,几乎把消极的世俗性和人类天然的能量之间(后者不仅已达及太空,还有可能做出更多意想不到的恢宏之事)同存、相撞、竞争、拉锯和突破的气氛抹到了极限。也许,梵高对现实的断然的不兼容性已经过时了,但他的伟大就在于他是人类寻求家园的不可避免地局限着的烧荒者。在梵高的心潮中，似乎"女人"和那些"花"与"点"是永远不可能互相征服的，这样一切似乎也就没有了意义。然而画面又明明在说，前者就是后者——自己的本源所至，也是丢失了后者所致。梵高也许根本就不想留下什么"意义"，只是揭开一角让后人超越的曙色。这就是意义。这个荷兰人尽心尽力了。他的找到阿尔勒，他的画作的不朽，其本身就是人类天然能量正在征服入骨的世俗性的火焰。昔日的学徒工已不幼稚了。梵高说，一个人必须心有信条。这话太不简单。太不轻松。人不得不追问"信条"的来历。然后打点行装，重新捏巴自己，既不要上帝的泥团，也不要亚当的肋条。这对他（她）们也许没有什么用，剩下的时日不多了，但对后人却是一罐出土的种子，就像梵高对于一个中国男人一样。这是责任——如果我们知道不该失去什么，我们就有救了。大约梵高在阿尔勒的橄榄林里回首巴黎的"时装"时，就明白原来丢失了什么不过意味着"装"上什么而已；叹息失落也不是叹息逝去——逝去是天赋的，因而是不必说的。叹息只是因为失落的是必要的、不该失落的"前面有鸢尾花的阿尔勒的风景"。这种劣行是人造的罪恶。梵高不会陷入时空二维的日落和长夜，他在寻求精神之维的升起和永存。只是生之有限与欲望的无限毕竟是恒河沙数，人怎么能不慨叹"白了少年头"的悲切呢？

"摇篮"里长大的男人开始焦灼不安了，咀嚼着一种已经看过毁灭的伤筋动骨的忧虑。他的眼睛已经不好使了。那根绳子早已断裂，声音却持续地尖厉起来，越来越奇谲。

好多好多的小事，原来大极了。明白极了。

它们如果重要，就不会那么刻意，如果不重要，又何以那么在意？都太沉。都太轻。

他终于有福不必虚报冒领任何人的慷慨激昂和不是自己的脏迹了。

别人真清白、漂亮，妆化得够意思。他却丑得是他自己。他一直记着娘的话：小孩子，不能要别人的东西。给也不要。老师也说过，如果捡到一分钱，就交给警察叔叔或者失主，或者别的什么人。他一辈子记住了。

很早很早以前，那时窗外郊区的菜畦里，农人们已经开始拆除秋天的豆角架子了。他的母亲缝完了那件新棉衣的最后一颗扣子，咬断线头，嘱他穿上"试试"。那是一件他后来再也没有见过同样质地和样式的棉衣：罩衣是"活动"的，用扣子连接在里袄的内边上；如果脏了，随时可以极方便地将其解下来刷洗。他是那么不喜欢这类母亲自制的简笨而实用的"装束"。他在铁路职工子弟小学读书，不会有人嘲笑它，但他自己莫名地嫌它"土"，嫌它太长太宽大——母亲做衣服就像国家制定"五年计划"似的"超前"消费。但是家穷天冷，不穿又有什么办法？那时的忍受似乎也比现在轻松。他在不情愿中盼望着弟弟妹妹长高，这样就有理由把棉衣传给更年幼的他们。三年过去了。二十几年过去了。如今已记不得是从哪一霎起，因为什么他开始喜欢它的了。它温暖、亲切、合身、舒适，朴旧而整洁，穿着它没有任何瞻前顾后的心理负担。有时走在上学的路上，他左右端详着它，灵魂很自得也很放心，放心得忘记了它是身外之物。可是棉衣很快就破了，小了。天气渐渐暖和起来，"七九六十三，路上行人把衣担"，不再需要和它在一起了，他惴惴地看着母亲把它放进深紫色的樟木箱里，好像它掉进了深不可测的井里似的。不久父亲去世，他只得远离故里，穿着有权的人为学生们"到农村去，滚一身泥巴"而补助的新棉衣，转眼就把从前的"装束"忘了。忘了。江湖上好不热闹，就像现在一样，只兴"多少事，从来急；天地转，光阴迫。一万年太久，只争朝夕"，谁还有心思记住自己的来路呢？他再也没有留恋过他的"身外之物"。那张穿着它在黄花岗表明"自有后来人"的群友合影，那口断了铜锁扣的樟木箱也都不知去向了。

它们就这样拜拜了。拜拜在一个少年朦朦胧胧懂得自己是一个男人的月夜。那一夜，他像从一片不知大地的幻想里仓促着陆一样惊慌、亢奋和沉重。他开始油滑了。

一些又一些后来的事累积起来，都离从前越来越远了。

而在离他的故乡万里迢迢的地方，梵高留下了自己的初衷，自己的《摇摇篮的女人》。我本来早就该理解它们的存在的。这个学徒工在而立之年这样对母亲说。

母亲也不懂。

自己的夜晚

　　地气，像夜色一般潮湿。这时，它和绿色植被的生命气息混融在一起了，凉凉地弥漫开来。周围的山野暗得清晰。坐久了，墓地里的人分辨出了哪是青草的清鲜，哪是柳树的苦味儿。这是一个十分遥远的夏夜。无语的月亮正从桃花岭的上空向西走去。一条朦朦胧胧的河，在东一簇、西一丛的黑色相思树林里若隐若现。远处，便是万家灯火起落着的亚热带山城了。十一年前，我的中学时代就是在这片坟茔累累，当时满目残垣焦土的地方结束的。在灯火深处的一隅密林里，我的母校大概仍在注视着蜿蜒北去的竹鹅溪。它们大约都不会记得那个秋雨霏霏的早晨了——几百名青年学生阴着极复杂的神情，一卡车一卡车地离开了曾经慷慨激昂、悲壮凄凉的大操场，各自远走他乡。后来，许多人又回来了，仍是山城的子民；而我也许是走得最远的一个，如今却成了客人。这个客人此刻独自来看望被历史遗忘的朋友们，独自坐在这片在他的故事里被叫作"红卫兵山"的坟林里。逶迤的荒野万籁俱寂，虻蚊湿湿地粘在汗腻腻的手臂上，又毫无知觉地悄悄飞开了。

夜仿佛沉透了魂灵，也沉透了身躯。身后，不死的"丘八"就在蓬草厚土下安息。冰凉的墓碑上刻着：邱黔桂同志之墓，柳州铁路一中66届高中毕业生……多少年来，在我们为数极少的朋友们的心目中，遇罗克、张志新都是在特定的政治气候下，被社会意义夸大的英雄，而"丘八"是真实的。他是我唯一熟识的既有清醒的法律意识，又狂热地投身红卫兵运动的青年学生。1968年的夏天，他没有最后写完《林彪理论根本批判》《毛泽东是人不是神》的檄文就在残酷的武斗中死去了。他是被人活捉后，捆绑起来，用刺刀狠狠捅死的。失踪几天后，打柴的农民发现他时，炎热的太阳已经使尸体腐胀发臭，极难辨认了。"丘八"的文章要是"出笼"，肯定要比我们熟悉的另两篇全国闻名的"大毒草"——《中国向何处去》《今日哥达纲领》更加"罪该万死"（它们也是十八九岁的高中生写的）。命运过早地夺去了"丘八"反省和重新选择的机会。如果他活着，会是怎样的一个人？面对数百名战死者的黄土，面对历史，我也该掉过头去？成千上万戛然中止，永不存在的青春年华难道毫无意义？他们也是人。……就在这个深夜，我写下了《他一定在那里》《致楠》的最初的文字。我明白我该做些什么了。

就这样，命运也许选择了无力承担的人去做他根本做不了的事情。但是从此，他再也没有改变自己的道路。

一个把握不住自己的人，该怎样感谢这个使他独处的夜晚？

生活中突然涌起了太多的、眼花缭乱的诱惑，令人吃惊的无奈和烦恼。人们整天怀着没完没了的心计，小里小气地在街上奔忙，或在屋里迟钝地消磨时光；既怕失去又想多多地获得。名声、钱财、舒适、官位，比捡破烂的还要眼精，什么都想要；天伦之扰，糊里糊涂，舆论吹捧，庸庸碌碌，始终像灰尘一样，令人摆脱不开，冲腾不出。日子一天天过去了，今天和昨天，明天和今天没有什么两样。上班，吃饭，看电视，串门，睡觉；为家具，为紧俏商品，为喝酒、发稿、蝇头小利、闲言碎语、无所事事、钩心斗角而苦恼，而沾沾自喜，像没有孩提和幻想的机器人。这是真正的死亡了。人们忙得没有时间去想是人控制了存在，还是存在淹没了人。时时靠别人有形无形的鼻息生活，为子虚乌有而战战兢兢地掷出一生。太惨。太累。有很长的一段时间，我一直矛矛盾盾地在歧途上徘徊。我把自己残缺而珍贵的青春停留在浅薄的短暂里，留下一笔至今无法叹息、恨无来生的回顾。

这代价太不像那个巴满了风雨也巴满了冷酷和无所谓的我了。

我将永远感谢那些使我独处的夜晚。

那间小屋夜夜能听见湖水茫然的拍岸声。这夜残雨渐沥。灯光照在杂乱无章的旧书刊上，家人在门厅的那一边睡去了。沉寂的子夜一点一点地滤去了乱乱的柴米油盐，妻声儿语。在关严的门边，我坐在藤椅里，听法拉奇讲述一个叫帕纳古里斯的人的故事。那是一个遥远的国度，主人公用自己的尊严走完了反抗、牢狱、遇害的一生。远处好像响着工厂的机器轰轰声，窗外的雨夜变得像隔着灵魂和肉体的边界；没有了实实在在的影子，只有无数的问题撞击在脑海里：人类，人类是什么？自由的实现到底有没有别的过程？思想注定在厄运中蓬勃，在欢笑中枯萎？现代政治，现代经济，现代人在帕纳古里斯不屈不挠的追求中反照出了一个个必须澄清又令人费解的命题……我真切地触摸到了自己年轻时代的锐气。另一个我责问着走来走去的灵魂：你会不会变成法拉奇痛斥的那些今朝渴望自由，明日成为帮凶的"章鱼"？浪漫、向往、该怎样度过这一生……许许多多学生时代的气质似乎早已被抛弃了！这时我才悟到：如果"陈词滥调"不断地从人的脑子里生出来，那么它八成就是一个永恒的真理，有着不朽的价值和意义。满地是静静的烟头、烟灰。推开窗，外面的空气像是属于另一个世界的。眼睛早已发涩了，人却毫无困意。这样的夜像一个决心，似曾相识——很多年以前，那时我还没有一种随遇而安的平静，在南国山坳的知青茅屋里读法捷耶夫致友人的信，在长沙街头风尘仆仆地打听黄兴墓地归来；第一次读《广岛之恋》《巴黎对话录》《渴望生活》；在暮色笼罩的产楼前等待我的儿子降临人间……都曾有过这样怅惘而超脱的痛苦感觉。这是规律。一个人真正地活过，就意味着升华、跌落、沉重、坚毅、百思不解和追求完美的阵痛连同砍不断的无数"适应"将延续他的一生。停止就意味着完结了。此时，我早已不是那个易于激动、敏于思考的中学生了，也不是只记住坎坷中那点善良的人间温暖的初学写作者，灵魂渴望得太浅又太多，甚至揶揄过理想，诅咒过感情，但我至今不后悔自己所经历的一切变化。一支支烟如萤火般熄灭了，我走到秋雨零落的街上。前方空无人迹。高低错落的街屋轮廓黑黑的，寂寂的；街越宽越远，就越充满着历史感，神秘感。这一生就这样定了？我想。人为什么总是躁动不满和渴望刺激？如果它的来临把窝巢的安逸统统粉碎了呢？无数的菜畦、树林从郊道两边伸展而去，护城河闪着莫名其妙的暗光。狗吠声像远古的回音一样隐隐约约地传来。这时，我看见那条寒冷的弗拉基米尔卡大道就在脚下，列维坦给人类留下了一幅只要还有人就能在沉思中重铸生命原力的杰作：倾斜的天空凝聚着深浅不一的乌云，寂寥深邃的荒原上，古老的流放驿道如同大自然青筋凸凹的血管，历尽沧桑地向前延伸……画家把自己的血液和历史所有的色调都杆嵌在这里了，使它沉缓地流动着继往开来的汉子的生命。生命是野性的，也是深沉的。人的精神在这里起伏而来，又坚定下去。也许到了第二天，当现实的喧嚣包围着他的时候，一切会褪去，一切将照旧；他明明知道该怎么做，又不由自主地背叛自己，在沉浮中忘却了。但我相信，只要还有这样的夜晚，人的夜晚，新的白天就会截然不同，就会渐渐地坦然而冷静。人有了比身外之物更高的尊严，一切琐碎的摇晃就会在自嘲中愈发可笑了。他在成熟起来，会自卫也会反击。但那是利刃，不是桎梏。因为过程从来就是杂色的，从来就没有一张异想天开的地图存在。路标，只在人的心里。

不能被淹死。现代文化是灵魂的孩子，不是拥有荣华富贵就可以自诩自己是进步的当代人了。精神被忘却得太久，就一定快要回来了。再过若干年，我们的后人会不会像我们谴责"八亿人都是政治家"一样，一边费力地打扫今天留下的痼疾，一边讥诮我们又以同样的方式在相同的地方摔倒了第二次？财富的畸形侏儒——这是怨不了祖先也怨不了他人的。

土路似乎有弹性。我走得很慢。天高得无遮无拦，没有一点声息。

有什么遥远的氤氲注入内心了。

我开始理解了佛道僧人。迎着寒风，想象着他们在深山庙宇里的生活。暮鼓晨钟，经声佛号，那样的日日夜夜，他们也一定悟出了常人无法窥探的什么，于是世世代代，香火不绝。但那是他们的事。人怎么不是一生——这个答案其实是一个透彻的零，可以由此走向逃避的负数：与其轰轰烈烈，何如与世无争或碌碌安逸；当然，也能走向超越的正数，索性活得彻底，活得尽心尽力，为着所有的不公正都将被弃在废物堆里的那个证明。人在不受外界影响时就能看清自己了，也只能在完全属于自己的时空里才能检验个体的高卑。这时星星出现了，地上有一汪又一汪的积水。远处的岔路口，有人骑着车子疾驶而过，放开性子爆发出歌声，"嗬嗬嗬"的只有黄河西部的曲调而没有词儿。他吼得好痛快！我边走边想，那些不死的精神是不是都诞生在深夜里？就像一个新的生命多是在夜的某一瞬间由男女们完成的一样？但我知道自己那些倾注了最深的感情和思考的信件与文章都是在夜里写就的。美丽的、沉淀和剥离了尘埃的夜，我从未更改过她的情绪，她的原声。辛苦的白天仿佛总是踟蹰的不得不应付的加油站。偶然的灵感，永远是一粒发育不全的复旧的种子。但是我同样盼望白天，因为我知道它意味着什么。有一个冬天的下午，在一家阴暗店铺的角落，我曾和一个二十多岁的年轻朋友探讨纯精神的问题。茶凉了，又喝光了，暖壶只剩下残垢。他说得很费劲，但一定也发现了什么，直觉在冥冥的更高、更远的非时空的境界里遨游。我却不然，我感到任何升华的缥缈只是一种底蕴，一种营养，当它融化在生命里以后，给予人的不仅是解释世界的哲学，更是推动现实的伟力。我们无法谈拢。这也许是我这一代人命中注定的局限，抑或是使命。大约这也是规律吧——任何人都只能在属于自己的历史环节里闪烁半新半旧的光辉。

对于我，自己的夜晚也许仅仅是一种习惯。但我需要它，就像我绝不想人到中年万事休一样。越是忙碌，越是需要回到那些五味俱全的营火晚会后、插队时、告别时、促膝交谈离去或读一本好书，或在为共同事业的奋斗中心灵被润得单纯以后独自存在的静夜，哪怕它常常更多地给我一种与生俱来的无着落感，久久不能自拔。

精神的来去总是那么孤独。然而，人的力量也就在这里。

我也许永远无法和自己的夜晚告别了。

永远不会。

旧站台

小站在又阴又湿的丛山里。三间潮而旧的灰砖平房，墙上的站名、路徽都是暗红色的了。穿过隧道的铁轨紧靠着对面削平石壁的山踝，年代久了，垂浸水渍的石壁上长满滑腻腻的岩苔。它们覆盖的石缝里生出的一些三两片齿状叶子的蕨草，仿佛石山上密匝匝的植被们掉队的伙伴似的。亚热带的青山都这样。野生的数不清的各科灌木、草类和奇奇怪怪四季郁葱的高大乔木相缠混长在一起，毫无空间的层次，莽莽严严地遮住了从近处到远处的黑褐色山脉。旧站台就生存在这样草木丛丛的巉岩上。它有半边是木质的，从底下参差、低洼的野沟里支上来的十几根木柱之间，钉着许多木板条子组成的"桥面"，两边各楔着一排一米高的木栏，像一行窄窄的过道。这里的气候不是烈日炎炎就是连阴多雨，于是木柱上也就有了遮阳避雨的青瓦宽檐。只是它的气质一点儿也不像我离开它多年以后，路经各地见过的那些庭院长廊。它们只有足迹，没有生命。我的旧站台只属于苍苍逶迤的青山野水，属于侗家苗家们古老的风雨桥再生的简陋片段，还有多年以前几个从山外三省交会的大枢纽站来过这里的学生们。他们后来都相继离去，不再同行，杳无音讯地各自在哪儿生活了。只有小站依旧在这里。依旧那么朴实、孤单，在漫斜的蒙蒙雨雾里沉默着。沉默永远不那么简单。

我感觉到了。

旧站台，好久没见了。

火车一掠而过。隆隆地，一掠就过去了。脚下相连的木板们微微震动了一会儿又平静下来。过往的列车似乎比过去多了些，但会在这儿停靠的还是每日对开的那趟极慢的列车。还是那些和小站一样老笨的黑色蒸汽车头牵引着，缓缓停在湿漉漉的老扬旗前面。一分钟后，它又呼呼地喘着白气，拉着这列用不同年代不同样式的旧车厢拼接起来的"老牛车"，不知不觉地开走了。站台上没有响起其他车站常有的铃声和哨音，几个上下车的山里人都不说话，默默地，和这列陌生而简旧的客车一样悄然来去。小站又冷寂了。好久也没有一个人影。好像一切都是很久以前发生的事似的，甚至令人感到不可能发生过……

只是那些稠蓬蓬的山稔子花仍在自生自在地开放。几条粗茬茬的草绳秋千还是那样吊在晒谷坪旁的榕树下。小镇的路边，扎着矮篱的一块块菜畦依旧环绕着水塘，依旧不整不齐地生长着各种绿汪汪的蔬菜；滚着泥巴的水牛在露着山石的荒野里悠悠吃草，它们似乎从未理会过从哪儿偶尔起落的鸡啼……毛毛雨这样连日地飘湿山野已经很久了。在远处升起炊烟的村子和那片劳改农场的前面，不时有三两个戴着斗笠，挑着筐担或空着手的身影，沿着空旷的野地里一条冷清的土路往镇上走来。他们如果是搭车的，就会走进窄窄的巷子里那些弯弯曲曲的青石板山道，再绕过那间挑起的白布上写着"厚记"墨迹的草药铺，然后穿过候车站房，很准时地在木站台上像老实巴交的士兵一样站着等车。二十多年前，山里人还没有手表。我们也没有手表。但上车总是来得很早，头天晚上就再也没有别的心思，莫名地无聊了。第二天翻山越岭大半日，来到小镇附近，却"不习惯"从小小的候车室进站，而是径直从矮崖下的野沟里爬上来，翻过木栏，很随意地倚着柱子怅然着，凝视着；有时和同伴一起来，实在不得已才闲聊几句……就这样一直等到傍晚。深山里的夜无论天阴还是天晴都暗得很快、很长，那年头最刻骨难忘的就是在站上这样候车的孤单了。周围没有其他的人，群山黑黢黢的，小镇高高低低的窗前已经稀落地亮起了油灯的微光。远离了从小熟悉的城市文化而对以后的生存和精神去向又茫然的学生们，在仿佛只有自然的神秘状态的山夜里，谁没有久久地忍受过这种难以言说的离世的情绪呢？脑子里任何豪言壮语都仿佛永远消失了，不会再起作用了，只有人性深处的感触和这漫长的、原始的山夜同在……当年好像也从未觉得抄近道、翻栏杆的举止有什么异样，也就不把山里人进站上车的"遵规守矩"往心里去了；而他们看着我们攀崖翻栏和言辞费解的谈吐也漠然不理。彼此都在各自的心思，各自的世界里生活着，各行其是，相连的仿佛就只有着一道木质的旧站台……

旧站台。不就是这些不经意的小事吗——不经意得更像生活原本的样子。然而就是它们使我常常回到有你的感受里，一次次从五千里外的北国远行出差，总是想法绕道坐上这趟站站皆停的慢车，一路想着过去，想着你，下车后又久久地注视这熟悉而润远的山野，在小镇那家板壁上涂着桐油的客栈里莫名地彻夜难眠。第二天，又像从前一样，早早地就来到这儿候车了——来回在"过道"里缓缓走着，不时倚着裂缝的木柱，抽着烟，看一如当年的心情和身影流连在站外的细雨里……你有什么？我们又留下了什么？我曾一年年地沉思过，使劲地回忆也不过是曾经像山里人祖祖辈辈那样，从背上舀着汗水挣过饭吃罢了；不过是偶尔也尝了山里人喝得更多的那些用野生的枸杞叶做的菜汤——没有油，但一锅鲜绿的叶片，一嘴微苦的、能去心火的清味儿，的确好喝极了。还有打柴时靠在避雨的石洞里，在冷得发抖的滴水声里，听外面雷电交加的大山里时长时短，或尖刺或低浑的兽们的怪叫而禁不住毛骨悚然；冒雨插秧的腰背酸疼里有一阵快意、一缕豪迈，但只要伸直身子休息片刻，又会奇异地幻想何时能去烟雨迷离的中山陵、六和塔散步游览就好了——那些该死的地理课本，那些红卫兵大串联时相约重返的向往的诱惑，交织着一累一闲、一苦一乐的对比，又使心境和脚下泥泞的水田一样凄冷了……就是这些。的确没有什么过得去的意义，那些关于忧患的幼稚的思考，那些重复的检点中对轰轰烈烈的红卫兵运动的怀疑——太多的风雨连同太多的消沉都在心头生长着，生长着朋友之间不久就将变得有点儿龌龊、有点儿心胸狭窄、嫉妒、怨恨和耍小心眼的年纪，这些又有什么可怀念的？如果说是因为失落，我们失落得还少吗？为什么偏偏归来的是生活在这里的岁月，几度重返小站的情绪？如果时光必然要流逝，那也就没有什么可以算得上失落的了。那时不是谁也没有想过十几、几十年后，我们还能像当年深情地相依为命那样再相聚吗？我们问过自己如今还有激情、还会坦然地相聚吗？还有真诚记得那些还没毕业就以城市"学生职业革命者"的意义来到这儿，以后又作为插队知青留下来的日子吗？还能微笑，还有深刻谈及它吗？都是一些已经微不足道，连骂一声"真他妈的有诗意"的兴致也绝口了的过去了，不顾一切地走得太快的世界似乎已经把我们改变得没有彼岸，不需要彼岸了。比怀念更实在的只不过是曾经有过一段和生活一样平常、短暂的青年时代、如此而已。这就什么也不必说，不必再想了。可是多年以后，当我和一群后来相识的哥儿们一起在他乡假日的雨中登山漫游，当我和哪个很年轻、很痛快的她坐在那窗临湖的咖啡桌前，感到她的目光唯一地望着我的时候，我却怎么一直在想着深山里的过去，想着在自己的心流里仿佛平生只有对它的感情才真实的旧站台呢？真脆弱得可以，也真把有爱的她伤得可以吗？我管不了这些。但我知道，就是从那时起，我才悟到人独自时从来就不孤独，只有和别人在一起时才是真正孤独的。旧站台。你为什么不逼我绕过你只顾走向余生？又为什么不在年复一年的风雨里湿漉漉地荡然流逝？你没有什么思想，但也许正是由于没有，你才永远的吗？往日里有你我不快活，后来没有你我也不快活，好像只要走上一段成年的喧嚣，还能见到你，我就不再需要别的什么了似的。这是一种什么心态？抑或是人的不朽的悲哀，是人有了知识有了经历，在愈益不容易的成年生活里无法逃避的真实？是你告诉了我，人最可悲的莫过于用埋葬自己来摧残自己，报复人类与未来了。只要还有你，我就不会衰老得太快是吗？你真玄了啊。

从大枢纽站开来的货车们又有一列疾驶过去了，古镞似的老扬旗照例横起又落下。几十年了。我们到底谁大？铁道两边丢弃的塑料泡沫包装物和青黄相间的果皮比过去多多了。其实你什么也没有告诉我。不必告诉。只是留下一些别人的和我的泥迹不同的脚印，让我知道这样的思绪不能停留得太久了。人当然可以不需要往事，但也可以没有情思，没有往事凝聚的感受吗？那样我们还有内在的什么呢？原来我那一年年的沉思又像从前被别人的口号束缚一样，早就走到歧路上去了。其实什么也不该问你。不必问。人来了，他就来了。这就行了。就该来，这就对了。虽然我和那些来往的火车一样，永远都是偶尔给你带来另一种声息的陌生的客人。你也许并不属于深山，不属于火车和我，只是一只离去或归来都将经过的"风雨桥"。在人生已经走过的途中，往事的确并不重要，它可有可无。不就是那么一回事儿吗？重要的是一种感觉，一种体验，一种醒悟，它是什么根深蒂固的、不可或缺的完美里很不轻松的分子。它使你感动，使你沉浸，使你愿意独自来到哪儿，常常什么也回想不起来，什么也不用回想地飘华在难得的多雨的滋味里。就像你在北方刚刚开始收割的晴夜里，靠着一堆堆散发着新鲜茬口的汁香味儿的高粱稞们，静静地凝望空阔、高远的一轮明月一样，它们多少给了你一个像样的惬意，像样的你，使你真的有些看得起自己的身心了。虽然这是多年以后，还会在多年以后发生的事。

也许再过一些这样的岁月，再来去一些别样的货车和客车，这架昔日在月光下的水塘边旋转的木制"龙骨"水车，就会永远拆除了。小站的青瓦板壁会被高立的、线块单调、方正的水泥建筑群所替代；远处荒野上的土路，会变成四通八达的柏油大道，有路灯和两排守护的桉树，青石板巷道上隐约的牛蹄印不会再有了——到那时，到那时……这在其他的许多地方我已经见到过了。物质文明的触角伸到哪里，哪里就几乎绝迹了早先的记忆。这很合时宜。古风会改变，肩上的扁担、背篓，侗家自织的圆领青布衫、腰间的砍刀会改变；山民的"米酒节"里，男性赤裸、健壮的身体只绑着根根"稻草衣"的狂欢游戏或许将不复存在；牛背上倒坐的目光聪睿、原始的、不识字的放牛崽，褪色的晒谷篾席和凸肚竹筐，仿佛只用石头堆砌而不抹泥灰的漫水桥，恐怕只能在文字和画纸上，在冬天的木炭盆边端坐的老人低低的山歌和故事里领略了……一切都将夷去，都可以也应该改变。只是旧站台，你也可以吗？……

你是深山和小镇的门户，无疑将会是变得最迫切、最面目全非的一个。谁能留住你呢？又应该留住你吗？你不是名陵古刹，不是什么故里故居，不过是一丁没有多少人知道的、在经年多雨的潮湿中陈旧的存在，是一个人遥远的内心里一程不经意的日子，半载时沉时浮的思绪。这样的一个普通人，怎么能够像什么伟人一样，怎么可能不顾许多人富裕的需要留住你呢？可是如果拆去了你，他又上哪儿去寻找一袭不可替代的深蕴呢？就像如今一个经历纷杂的成年人，即使回到故乡，在满目凝固、林立的水泥建筑物中已经无法找到他所需要的童年的慰藉一样吗？理智上的清醒，毅然分裂着人性里的无奈、怅意，这抑或也是生命的丰富和永远吧。但是如果没有了岳麓山密林间的黄兴、蔡锷的墓地，没有了太湖畔的田园雏菊，我们又在哪儿能够更深刻地懂得变革的艰辛，更忘我地感受《二泉映月》的静悦、清远呢？如果英格兰消失了苔丝眺望过的布莱谷乡野，毕加索再也找不到他早年在困苦中作画的"洗衣船"，美国西部的高速公路边不再为了纪念而保存着昔日开发蛮荒的牛仔们豪饮的小酒栈，这些民族的精神又会怎样？我们有时是不是还需要一些别的什么，需要一种人类生存的和谐？就像春夏秋冬不是因为什么理由，是因为自然的规律而组合一样。旧站台。不管你意味着什么，在我的情思里，你就是一种文明。岁月里能有一些跋涉挺好的。人不能活得太公文、太市场、太潦草不是？你从来就没有老过，从来就不陈旧。在许多年来许多的人和一个平平常常、偶尔来看望你的漂泊之子的心底，你一定惊醒了什么，跟随着什么，虽然你不曾许过愿，虽然他们并不知晓，但谁也没法否认自己没有经历过一份或深或浅的遥望和感慨。它们极不"现实"。但我知道，无论在眼前还是想象中，如果我面对你时，不能从瘫然的宁静中分明感受到心岸静处的那片厚实的深沉，那涌冲动的激情，我就再也不能拥有生的良知，情的欲望了。

我不在乎你将怎样。但是我在乎我是什么。我得使自己有资格想念你。

他们或许也曾来过了。在小镇那边有一翼山影的峭崖下，和我一样任江风吹扬着旅途上尘污斑斑的风衣，再说一次"我们不是这里的主人"——有谁还会像当年一样愿意再过一段那一言难尽的出走的光阴，靠自己的力量，在那样的年纪，没有温饱，没有贵族气地时时承担自己的选择呢？即使前面已经没有了盼望，没有了走下去的刺激和心意。

他们或许不会来了。因为可以不来。这没有什么价值。只是一种气质，抑或一种习惯，就像车窗前比我年轻的学生们不会多看一眼已经残缺漏雨的木质"过道"一样。他们有自己的敏感，他们读过书，但不一定有学生时代。而这又有什么关系呢？的确。只是太简单、太复制的日子会把人惯坏的。

告别总是伤感的。但不能太沉重。那样又把自己交给别人，交给过去，交给没有我就并不存在的小站了。感情、人性是一回事，沉重是另一回事。我们不是已经不年轻了，也就有了年轻时没有的肩膀了吗？旧站台，别老是把我们看成学生，我们已经知道该怎么做，也做过一些了。就像虽然不得不常常在街上的人群中充当着同样的被世俗泡肿的角色，但也总会找到一些地方，一些时刻，依凭自己的意愿，自己的生动活着一样——这个世界在我们尚未了解它之前，看起来那么真实，如今已经迥然不同了。

"天空急遽地崩溃了吗？没有。只是果园将芜似芜、未芜已芜地凋零了。"

就送到这吧。旧站台。这儿是离青春最近的地方。

1990 年 3 月 20 日—3 月 29 日

雪　窦

············

　　其时，我已经 34 岁了。寄住在乡下一间学校的平房里。房门朝北，夜里下起了雨。朔风每隔一小会儿就啸一阵，推响紧闭的木门。我睡着了。很惊讶怎么做了一个地点相同的梦。一个老同学在山里教书，从前，我曾在梦里沿着深草下的石径去看望她。那是夏天，很热。小河里的水像池塘里的一样，浮着腻腻的褐色藻类。我先到没有名字的村子里，在南国那种带天井的木楼里找到一个仿佛是深入生活又仿佛是土生土长的中年作家，他挽着裤管带我趟过河，指给我看那栋没有围墙的教学楼，然后就到地里干活去了。我一边想着他太辛苦了，一边从土操场走上被什么弄碎门窗的走廊……这一次也是这样。不同的是又过了几年，他们脸上都有了皱纹了。"只有你还记得我。"老同学说。依旧穿着那身和微笑一样给人苦涩中欣悦的土蓝布裙子。我是在家里出了急事，一位年轻的朋友开着车在山冈上发现我，便大声叫喊的情景中醒来的。睁开眼很久，我还清清晰晰地沉在梦境里。我问自己，这也许是和大半生都在旅途中度过有关吧。

这乡间的日子是又一段旅途，又一个驿站。

洗完脸的时候，我愣住了。墙上的挂镜里映照着一方雪的早晨。那时南窗的玻璃还未被热气模糊，镜子里的一截围墙上端横着寸许长的雪。残柯中，纷纷扬扬的白色精灵飘落下来，木门又像有人推了一下似的响了。北风把雪粉儿从门下的缝隙里扫过来，堆积在煤池和扫帚边上。迅即拉开窗帘，果然，地上、墙头、屋顶、干枝间，都已经覆盖着厚厚的晶莹了。

这雪不知是什么时候下的，要下多久。得赶在它封住道路之前，至少把一天所需的食品买回来。然后，才能抖落身上的雪，关好门，去倾听人性深处的沉思和对书的批判。喝了一碗辣辣的方便面，我穿上大衣出去了。

完全是无意的。完全是为了生计。我走到小桥上的时候，雪从窄窄的河面往上飞旋，北风猛烈地呼啸，在眼前横拉起一道道白色纷杂的迷蒙。我突然不想走了，伫立在石头桥的栏边望去：冬天的世界本来是萧条的，现在雪把它覆盖得庄严了，没有一点儿多余的东西。草尖儿、房子、无叶的白杨树，都在雪被上抽象出来，显得壮阔、宁谧。这里是出煤和陶瓷的地方，河水是褐浊的。两岸半衰的密不透风的野蔓，晴天时起起伏伏，现在像一片片白色的蜂巢。有两个人背着包袱从桥上走过，我听见他们说，开往周村的长途汽车已经停运了。他们要走去那里，至少要走四十里远。来到桥的尽头，集市上人迹稀少。芹菜、白菜都冻得透明了。案板上的猪肉分不出肥瘦，远远看去是一堆堆的白团。路面上，踩出了一个个灰亮的脚印；我惊奇地发现，高跟鞋的后跟原来竟和什么小兽的蹄印一般大小。鞋舌上已经满是雪了，我走起路来一高一低的，担心滑倒——心比脚还要累，还要紧张……我就这样一直向荒野走去，顶着北风，感到眉梢和耳膜深处有一种硬硬的东西存在着。看着别人身上、头上、大衣领子上的白雪,我想,我也一样。过不了多久,我的头准得像远处那片草石隐约的山冈似的。我豪迈地笑了。很久很久,没有这种自己还能征服什么,正在和什么挑战的快感了。

已经 34 岁了。这些年,在北国的大都市里,住惯了有暖气的高楼;雪天,最初见到漫天白茫茫的时候也会兴奋片刻,接着是上班下班,坐在公共汽车里,看着街边近在咫尺的高大建筑下渐渐聚起残缺的白雪,灵魂很快就漠然了。我曾想过那些雪的往事吗?它们的深刻哪儿去了?可怜连产生这个念头的机会也没有了。我一定失去了什么。现在,面对广袤的雪野,思绪飞扬起来了。我想起踏着雪谋生异乡的过去,我就是在那一刻知道似乎没有过春天和童年的少年时代永远结束的。还有一个冬夜——那时已经进厂挣钱了,日子过得比上不足比下有余。可是当我下夜班后,漫步在无人的雪街上,前面一川平平的白色晶莹使我震惊、战栗;回首望去,只有我的一行脚印,尾部统统被翻毛工作鞋的笨重后跟拖出一条沉思的豁口。我还需要什么?和穷困潦倒的境况比,我还有什么不满足的?我不理解。只觉得压抑、焦灼、郁闷。我一直走到郊外,直至受不住无遮无拦的寒风才"踏踏"回到宿舍……我那时一定没有想透。我这一生有许许多多没有认真想透就过去的事。此刻,风雪燃烧的是激情、热血,它一下子使我博大、年轻了。我发现我有的是精力,比任何人都活得强。这不是一个梦,是一个实实在在的雪日。我大步地奔跑起来,轻轻地笑着。靴子陷进了雪里,身后是遥远的鞭炮声。我一定要跑到那片松树林。我知道那儿有一个湖,湖边有一个亭子。我喘咻咻地走过一个用货车篷布搭成的馄饨摊,看见热气腾腾的桌边有不少乡下的路人,他们说着、笑着、吃着,和我一样快活。

常常感到孤独。很有用又很辛咸的那种孤独。就像这座被雪侵占的亭子。在我以前，大约只有看不见的鱼儿和那群寻找草籽儿的灰雀与它同在。背对着风，我静静地望着那丛白斑斑的松树林。那时我们多年轻啊。年轻得失去就会刻骨铭心地伤感。后来渐渐可怕地习惯了。在我们青春沧桑的南国故土上，你渴望过雪，也害怕过雪。每当我们在一起的时候，我实在不愿谈论北方。那段流落的旅途太难，太不情愿。它决定了我将终生漂泊无暇。我想说，我回来不是为了忍受的。我走倦了，心杂了，连我也不知道该去哪里。那一次，我们静静地坐在无人的溪畔，岸边的草丛一年四季都是郁郁葱葱的。从哪儿飞过来一只流萤，你还是问，问得真诚、柔情:雪有多大? 燕山雪花大如席吗? 全白了? 什么也没有了? 那么菜呢，水呢……"我怕冷。最怕冷了。"你说。紧靠在心硬心热的我的臂弯里，好像跋涉的大雪已经追到亚热带的月光里来了似的。那时多年轻啊。如果有书读的话，也许还在天南海北的校园里写着单纯浪漫的信。现在这一切都过去了。我们曾幻想去敦煌，去内蒙古——沙漠和草原如果静静地覆盖着茫茫白雪，任我们赤裸地奔跑着，该是何等神秘，壮观! 一望无垠，星光高远，没有灯，没有杂乱低庸的人群，如同洪荒时代，天地初开……我们去那儿干什么? 又为什么不该去看看那一片希望的深邃和壮阔? 我想象着我们并肩遥望的深夜，想象着忘记一切的呼喊和欢笑如何像最生命的生命，沿着湖边慢慢地往前走。当青春远去的时候，我认为我把豪情和激昂留在又过去的一个冬天的早晨了。

人这一辈子，大约总得在内心深处保存一些亲切而忧伤的失去和向往，才能问心无愧地说自己是人。而真正珍贵的保存就意味着曾经拥有过它们。我时常有这样的感觉，在沼泽般的尘世里不知不觉污泥如甲，不是个东西的时候，总会有某个瞬间，某种气氛使你抖落一切，重新唤回优秀的本我。也许，这就叫再生了。

终于跑累了。回想过去，只有理解。何必要那么疯狂地奔豕一般呢？是一个人向着北边啊，雪肆虐地击疼了双眼；我觉得路上有人，却看不清他或她的容颜。难道这就意味着再也不需要你或任何人的慰藉了吗？也许，完全可以在湖边默默地走，把好些事认认真真地想透再回去。我也许是想摆脱什么才那样跑的。其实呢，命运中许多情绪都是与生俱来的。只要毁不了你，就一定有好处。我们又应了敢爱敢恨的年月里醒悟的深刻了：老是想逃避不该逃避的什么，老是丢不掉本该丢掉的怯懦，这种人，别和他（她）来往。

原野茫茫。天地灰沉而凛冽。仿佛想隽永地活跃着、纷乱着一年四季平淡的日子里少有的激奋。在我冷得缩窄身子的时候，我很轻易地就想起了如我一样也穿着大衣的西伯利亚人。我很惊讶那儿的女人怎么在风雪中时常穿着裙子？想想黄皮肤黑头发的同胞，那些女孩子年轻时也绝不像男人穿得这么臃肿。我突然觉得你不该怕雪。现在我们已经不年轻了。我于是希望着有一天你也来到北方的寒天雪地里时，比我坦然，比我快活，因为你总是一个能理解男人的忧郁的乐天的女孩子。那时，如果我已经不在了，你也一定要出去走走，哪怕等雪已经停下来的时候，白皑皑的原野上泛着高阔的寒光……

有一种东西是无法道别的。虽然你曾下决心道别或者自以为它很可笑。呼吸着已经使感官漠然的雪，我现在才理解了海明威。天性冷血的人表现出来的平静是一种可有可无的木讷。而重感情的他却忍受着最丰富的脆弱，压抑出冰山的硬气、平淡，这才是真正的汉子。最坚毅就意味有着最脆弱的孢子。但走着走着，我又想，何必呢？我同样理解了毫无顾忌地流露喜怒哀乐的雪莱、拜伦和贝多芬。我们的时代，能这样真实和任性地去生存的瞬间太少了。

傍晚时分，我回到叫淄川的村镇。雪日里天黑得早。小街两边是砖的、土的院墙，很难看见一扇团圆的灯窗。雪仿佛冻硬了，落在哪儿发出沙沙的响声。一个打伞的人走过我的身边，令人奇怪地觉得雪好像已经不再飘落似的。看不见脚下的高低，分不清哪是滑硬的冰脚印，哪是原本的雪，我反而走得踏实了，一次也没有踉跄。街又黑又长。有两扇没有关住的旧橱窗的木挡板硌着雪发出笨重的碰撞声。这是一座被废弃的五十年代初的水泥建筑，门面像一间凸字形的小礼堂。它很老了。大门上方斑驳的五星和新华书店的黯淡字迹，总使人想起另一些人的青春岁月。从街尾走到街头，我才找到一家小酒店。油灯亮着。我是陌生的，中年女主人的脸也是陌生的。她诧异地盯着我，穿了十几年的旧军用棉大衣一定给了她逃犯似的感觉。夜渐渐深了。端着瓷面脏垢、边沿残缺的旧酒杯喝酒，吃着八角盘里最后剩下的几块咸肉，我不知道此时此刻身置何处。昔日没有归宿的怅惘又弥漫在门外静静的雪夜里。朦朦胧胧的历史感如同这个世界无人知晓的许多角落，各种各样的人和我一样，在哪儿也做着不为人知的什么事儿，在这漆黑寂冷的风雪之夜里……谁能揭示生命的历程呢？永远不要问。活着别委屈真实的我就是了。当你开口向人索答时，这一生也就开始交付给欺骗与自欺了。

从冰冷的铁栏门翻进学校时，雪夜里的风好像停息了。重新回到那间冰窖似的房子，我眼睁睁地看着反光的玻璃窗无法入睡。天地冻僵了。唯一清醒的是意识。没有喝醉。我不会再用它来换得一夜的沉眠，而宁肯体验下去，清醒下去，这是多年以来早已习惯的命运。我们当年这样选择以后就再也没有改变过，它刻在那个雪夜的心的日记里。后来，有了另一些地方，另一些深夜，24岁，34岁，青春的每一笔、每一画都是人的日子：困惑的湖，自豪的深渊，不必要的恐惧，粉碎的旧价值——我们真正活过了。雪夜里有别人没有的脚印，灵魂才从此不再吱吱呀呀。于是，我才能把这个雪日写给你，写给我们留下了什么又什么也没有留下的岁月……

远处，夜色和雪光处在活力与非活力的临界，寂寥而空旷。我真切地看见了贝多芬和莫扎特的乐曲里挺立着苍远而清新的鲜花，它们根植在雪原上；那是灼人缭绕的《命运》和《天国之谜》，静穆宏深。它们是夜和雪的儿女，又是生育了天地与灵魂的双亲……

然而这不过是许多岁月里的一个雪日。我这是怎么了？

1988 年 1 月生日夜于淄川

1988 岁末改毕

哪里·这里·那里

　　他们打伤他就走了，听不清为了什么。那伙人的头儿斜搭着一支汉阳造步枪，不像军人也不像民兵，干瘦得倒像他的病人。背枪的人好像没有动手，动手的正边走边捭正袖章，背影也气势汹汹的。

　　他扶正胸前的大木牌子，继续扫他的积叶，拔他的杂草（桉树林里其实已经很干净了），好像没事儿似的。

　　远远地，我和父亲是看客。父亲患肝炎和肺结核，每天我和弟弟总有一人要陪着他来这家医院就诊，打针，取药，然后就在这林子里散步。外面已经没有静谧的去处了。大字报大标语满街满墙都是，这会儿我那一派的高音喇叭就在林子外水塘对面的据点里"严正声明"着，大街已经被两派的沙包工事和荷枪实弹的武斗人员一截一截地割据了。虽然日日来去，似乎都互相认识了，没人再盘查我们，却也仍是提心吊胆的。父亲说，好在医院还是"中立"的，两派都似乎还懂一点儿红十字会的传统，不然谁谁占领了医院，病人不挨打死也折腾死了（几个月后，医院还是被占领了）。

那伙人好像也懂。他们留下他的一条命，去得无影无踪。

那一刻桉树林里只有我们三个人。我和父亲走过去，他坐在苔藓发暗的小径边休息，抬起头，三个人就打了个照面。但谁也没理谁。你不会相信，这就是开始。这在他也许没有什么，但在一个15岁的孩子心里，从此就留下了一个神秘的契机，它使过去的一些事和后来的一些事都断断续续地连接起来，令人难以捉摸。我至今不清楚那种感觉是否与特定的社会气氛、特定的自然存在（一个初夏的下午），或者特定的年龄有关，但我知道在此之前和之后的每一次深刻的感受，如爱，如月光，如女人的肌肤，如海边蓝透了天白透了云的星夜和某些成功的喜悦都没有它难忘和理性。他胸前的大木牌上糊着白纸，上面污辱性地写着"历史反革命"和"国民党少校军医"的浓黑墨迹，往下的名字还打着愤愤的双叉，刚才被人揪住头发时似乎还低声下气地用四川口音解释什么来着……然而，这时的目光却遥遥地仿佛只望着自己的内心。我永远无法确切地说出他那滤去了羞辱的平静、纯粹的神态给我的震动。如今回想起来，我看见的好像是身心里只有对花的热爱，只能从花团锦簇的劳动收获里得到喜悦、满足的桃花源的农人。但那时这一切都像是梦。他那极认真、极坦然的扫地、拔草的背影，他竟能细心地把三合土小径的泥缝间肉眼不易察觉的嫩草芽都一一捏尽的自得其乐，都不像是真的。那牌子在这样的神态里，如同一个开业医生的招牌一样与时代毫无关系（后来，我每当看到私人诊所门口挂着的××医生的标志，就想象着他坐在里面给人看病的样子）。我曾千里迢迢，风尘仆仆地不断打听我的同龄人在"文化大革命"中思想变化的经历，希望能印证一下别人也有如我一样的感受。然而许多人记不清了。还记得的则迥然不同，而我在那一刻，外衣口袋还揣着袖章，心里惦着我们所占据的母校"解放区"和明天的"任务"，在回去的路上依旧憎恨着另一派的工事和岗哨。轰轰烈烈的快感、冲动的热血和清晰又模糊的概念使人根本来不及顾及偶然的困惑、自卑和犹豫。然而一阵触动已经在生命深处抹不去了，有时巡逻、开会也走神儿，胡思乱想，时而沉浸回味，时而猜测想象，时而自问，又时而虚无，还责怪自己是不是小资产阶级世界观没有改造好。也许父亲说得对，老刘家的人的不幸就在于生性太敏感又太执拗了。否则就是人的天性中原本就有一种对人的内在质地的渴望，只是时俗使其一时迟钝，将其一时淹没罢了。人真的不能被动地封闭在行将就木的轨道上，真的需要在喧嚣中有一个静静独想的时光和去处，不然我不会遇见他，不会在一次徜徉在母校东南角的战友墓地的夜里，油然感到困惑、犹豫、自卑、消沉的阴影原来竟如此浓重……命运的大变迁不久就永远开始了，一些东西埋葬了，一些东西更新了，一些东西长成了今日根深蒂固的信条。

于是人所固有的一脉内在的、根本的素质，不是发现，而是确确切切地时时撞击着你了。

我想起了我那肯定与世有争的小学老师。我去看望她的时候，曾坐在简陋的旧竹床上，听她为自己孩子的升学、工作，为物价、为世风不正发过牢骚，也曾对50年代的津津回忆几乎成了她祥林嫂似的絮絮叨叨而摇头思索。但你不要和她谈起中国的命运，谈起比她小二十多岁的你这一代人的思索和判断，那种时候，她会像孩子一样年轻，真诚的目光热烈地从世事纠缠的焦虑里透出来，像向往新大陆似的。她把你当成了老师，当成一个成熟的兄长，使你吃惊地隐隐约约感受到60年代的中学生之间那种理想、热情的气氛穿过岁月而来。她提问，她兴奋，用那种由衷的、虔诚的活力谈学校、孩子，也叹息当年的学生中谁如何庸俗不堪，谁如何官气十足——那都是她心目中的好学生呵。在如此复杂的社会里，她对知识、对思想、对人与世界，对她毕生投入的教育事业，仿佛永远怀着初恋的好奇、兴致和深情。而你见得更多的是在她这个年纪，多少人视这一切毫无用处，已经忘却，已经心灰意冷，只是勤勤恳恳地如盲人一样活着罢了。

在这样畅谈后的夜里，走在霓虹灯和流行歌曲簇拥的街市，我曾一遍又一遍地问自己：什么是可笑？什么是过时？什么是目的？……我开始明白成熟只意味着经验的增长和纯真的明了与坚定。它不是目的，只是形式。它和那些全面的、入骨的堆积和芜杂绝不是同一内涵。那些在"成熟"的失落和迷惘里，梦恋和追挽早年纯真的歌曲和文学所责叹的真的是成熟吗？成熟有什么可叹息的？果实的成熟不是依旧有种子的纯真，又比它更丰富和坚定吗？成熟不过是金子般纯真的心多了几分经验、能力的筋骨呵。

我永远无法界定如她如那医生这样的人永久的魅力是什么，永远说不清——当我现在力图将自己的感受写下来的时候，深深感到人生有一些深入心灵的声息的确是无以言传的。我只能意会这是活跃在人类素质里的一种内在的神圣和绝美。它曾出现在我在电视上看到的一位人民代表面对历史风云的变幻忧患、沉思的神情里，曾在我的一位被人讥为"抱残守缺"的作家友人的回答中——我只倾听心灵的呼唤和忠告；我的老朋友曾将他所设计、施工的最好的住宅楼以我们二十多年前死去的友人的名字命名，而一位素不相识的校友不远万里返回故乡，曾久久地凝望着那爿高墙上倾注着怀念、慰藉的字迹……它也存在于不论是艰辛的当年还是安适的今天，都以始终如一的爱情抚慰家人的一位女人平静的风度里；跳动在我的会左右逢源，会请客送礼，却不会高谈阔论，也无深刻思想的厂长友人心中。他有时邀我到哪儿去喝愁酒，杯盏中怨声载道，口出秽言，但你却觉得唯他有资格抱怨，因为他在殚精竭虑、踏踏实实地做着自己选择的有价值的事，并为此委屈了自己刚烈的个性去忍受世俗——还有比付出这样的代价更大的吗？那些浮躁的圈子里酒足饭饱后的偏激牢骚能比吗？那是一种空虚的快感。而他抱怨完了，蹭着月夜又去奔忙，去鞠躬尽瘁，直到几个月后躺在病床上输氧时你才能见到他，见到那双"傻"得动人、"傻"得压根儿就不屑与时髦的聪明人为伍的明亮的眼睛。它们使你再光顾小圈子时感到乏味、可笑，感到那些人的喋喋不休其实是一种企图不劳而获、妄想公正从天而降的卑劣行径。还有我的当年坐过牢，打残了身子，家破人亡却依旧执着奋斗的朋友们，他们已人到中年，老成持重，但面对民族的命运和变革的艰辛，常常热泪隐隐——这是在厄境中也不轻弹的泪呵。他们使你不止一次地嘲问自己：没有如此巨创的你又怎样呢？你又得到了什么？狂热总是要起伏的，有人伏向深刻，坚实如流；有人跌向浅薄，复杂如淤。轻松是轻松了，只是太轻。太轻的东西多起来，必然晕头转向，无所适从，难舍难弃，纠缠如麻，这才是人觉得累又觉得没意思的缘由。这怪谁呢，又何苦抱怨？不仅抱怨，还嘲笑、诋毁那些在为他们芟去这些抱怨的孽根的"傻子"们，这不是糊涂吗？不。他们这是在妒忌庄严，在为自己的俗气辩解、开脱，因为他们不是不能做而是做不到，不敢做。他们想以自己的"新潮"拉别人下水，这样就心安理得了。因为他们没有个性，没有信念，需要大多数人和他们一样才觉得保险，才安稳，这就叫环境的奴隶。你相信这是一个家庭主妇靠在书房门边，用热茶暖着手，在别人的交谈里的插话吗？她忙碌、现实、琐碎，但内心深处对人生、爱情、世事却有着明确的不可侵犯的是非。出于诸多因素，有些事她没有去做（我们不能要求任何人和自己一样），但她崇敬和理解那些她认为做得对的人们；她是一个家庭主妇，但更是一个服膺生命的女人，她的知遇，她的不囿于俗的爱，就是她所崇敬和理解的人最温暖的家园……

　　这就是我所感动的如潺潺源流的内在。它不是一时的冲动，不是应酬、勉强、实用的技巧，不会被舆论左右，不计较得失，不做作，不自诩。它的存在，像无意识的状态一样自然、真实。它使得也能偶然这样做一次的人们和它的子民有了质的区别。它在不被世风留意，几近埋没和遭到贬斥的时代是火种，我行我素地承担着延续人类终极价值的使命；而当历史的规律重新召唤它的时候，它将联结许多的人，成为真正的、重要的、巨大的改变人类境况的力量。它也许是大漠风烈的、小家碧玉的、平和的、冷峻的、暴躁的、深沉的、柔润的，也许在事业里、爱情里、信念里、尊严里、生计里……和它在一起的人，无论如何世俗、如何普通、如何潦倒、如何富裕、如何缺点如堆，你也能从目光从神态从谈吐从手势从身影从行径等等磁力里立即被它感染、吸引——被它的唯一、它的神圣、它的执着、它的深邃、它的明亮、它的纯粹、它的本质、它的力量、它的希望、它的与众不同、它的人之所以为人的真谛。它就是它。它与一切非它的东西泾渭分明。

人就在它的灵魂里。生活不过长着它不固的形态罢了，一如大自然的无限生机。

我如今只承认那个偶然的照面是我真正的故乡。

当你走过白色病房外的桉树林的时候，三合土小径的两边也许依旧是荒杂的土坡，年年刈去的野草又稀疏地长起来了，几棵经年的棕榈依着坡势生长在水塘的这边，如今恐已冠盖如云。雨中的午后，小径会显得更加粗糙、残缺，落叶粘湿在青苔滑腻的地上，积在桉叶上的毛毛雨正不时聚成水珠滴落下来。这时，林子的寂静就格外恍若隔世，格外久远了，好像从来就如此似的。而你如果也有一缕雨中绵长的思绪，你幸运、你丰富、你敏感、你还有勇气，你还没有垮掉，即使我不告诉你，你也会感到来来去去的生活留在这儿的一些故事一些情感一些声音——它们和桉树叶的鲜味儿一样真切。就像雨中不知不觉的漫步在我们平平常常的日子里总是不期而归的珍贵滋润一样。它比最好的书都有生命力。如同我们在绍兴、在湘江、在黄埔、在戈壁、在滇池、在天涯海角……都曾把前人的内在深深吸入肺腑，沉入忘却旅途的冥想一样（也请你在去国之后，在罗林河、诺林溪、托伦村、慕尼黑、雅典，代我向飘忽在那儿的高贵的灵魂致意。向他们说，一个中国青年几十年后在他们的故事里曾彻夜难眠……）。它后来成了我们一生中最永恒的颤动了。

人类有一脉生机也许就是这样传衍下来的。

感谢你还是使我说出了这些。它是我走在街上听不见迷乱团团的大合唱的秘密。

在世间

　　我不说话。

　　我在森林里走着，和谁说话？

　　我不是看不见人 ①。他们在很远很远的地方。少年的时候，我大声地喊过他们，那声音像疾呼的风一样。他们离得那么远，那么久，我喊出了血，倒在地上。倒在地上的还有我的朋友，我的弟兄，他（她）们直到今天，还在那方落叶和草蔓覆盖下的土里呼喊着。那些丘坟就在我身边的森林里。我们一起在那儿看过雨后的三角蛾倒挂在绿叶的背面静静休憩，看过蜗牛爬上灌木丛水莹莹的嫩梢，自如地伸着头；绿蜘蛛很早就把细网织在枝丛的深处了，却一点儿也没有被雨淋断；蚂蚁们又出来了，还有瓢虫们，蚊子们……在森林的气息里，我们的心进去了，进到叶脉的凸线，叶边的齿形和湿湿的陈土里。我们凝视着它们，

---

　　①　西方一哲人曾愤于街上人流中执灯，人曰："为何？"答曰："找人"。这痛感人的异化之举，多年令我震惊。文明发展了，人性必失吗？

就像后来在沾满晶晶雨滴的草地上，心进入心，身体迎入身体，血流入血相爱一样。我们那时候还不知道这是理所当然的、美好的文化。因为我们还没有见过身体触到身体，文字相连文字，似乎已经粘近得不能再近，却根本没有进入，永远不可能进入的许多怪事。

整整半个世纪。怪事一多，似乎就正常了。

这样还有什么好说的。

但我知道，我尽力喊过。我的朋友，我的弟兄们尽力喊过。
"恰同学少年，风华正茂"……这样的风已经留在了世上。
即使我们有了思想，不再说话，它也永远沛然着不会死去。

我在森林里守望着他（她）们。每天早晨，即使是地冻天寒，即使是黑夜浓漫，阳光也洒落葱郁的树冠和陡坡。他（她）们总在太阳最炽烈、最明亮的深处，汇聚着，凝视着。那儿芳草萋萋，野花星星点点，来去的鸟语，四季都是欣悦的。我还是穿着那身旧麂皮的无扣短大衣，腰间系着蒲草，用手制的硬藤绑腿绕紧粗糙的狐皮靴子。皮子们都干着未剥尽的血痂。这都是我自己的东西。脸上的皱纹，腿上的强悍、力气、鳌黑的肤色和独饮的冷水都是我自己的。这儿买不到那些花花的、板正的、遮皱盖皮的别人的现象。那些人因此很"美"，但那是使用了别人的东西。我已经忘了它们了。

早该忘的。

我也忘了席勒和费希特。他们诅咒机器的轮盘把人也变成轮盘上孤零零的部件，失去生存的和谐和想象的激情（这是轮盘的事吗？）；卢梭和劳伦斯好一些，他们向往自然，用其抵抗机器。有人说他们和庄子一样，认为世坊的文明使人"沉于物，溺于德"，这就不大公正了。但卢、劳们是回归自然而不是需要自然，他们只讲物的自然而不懂人的灵性就是自然，这样他们就背叛了森林。他们入了他们敌人的伙。至少一丘半貉了。他们有道理，这道理不是什么新鲜的东西，所以他们把自然和机器对立起来了。这很像跌倒了就不再走路，挨了某方的打就投靠此方的对立面，而不管该对立面是好是坏一样。这样不独立的悲剧是死人最多的。这样他们就正确得很虚。

正确的东西很容易忘。这是否意味着后人站得更高？

但他们站得很好，我们谁也无权对他们"指点江山"？

后来梭罗就来到了瓦尔登湖。他居住在傍湖而栖的木屋里，倾听着湖水内在的春天和冬天的声音。这使我想起俄罗斯那些用白桦皮搭盖的林中澡房，人们在烧烫的石头上泼上水，在热雾蒸腾的白气里，呼吸着木与石与水迷人的享受，抚摸着舒露的身体和蒸气袅袅的时辰。那是很多年以前的事了，却那么使人向往，使人怀念（"革命"也没有除尽它）。怀念着梭罗和卢梭、劳伦斯一样，绝不若有人解释的那样和庄子一脉同流。他们为自由，为反对蓄奴和专制都很政治很信念地奉献了活得那么不轻松的一生。这是有许多不说谎的书可以立证的。

那些书伴随着他们走进了森林。这样的进入就会身心进入了。那标志就是举手投足的欢乐里他们忘了书，就像我的少年时光一样。书和他们都是事实的昭示。这样还需要在书中告诉后人怎么办吗——我的总想依赖别人指点迷津的惰透了的同胞们呵。

过了二三十岁就不读书的人不要和他说话，即使从前是好朋友。

他们对我说。

走进森林不是就能走出森林的，有如庄子。但不说话就是说话，或者说过了。这好像你面对某个刻意打扮之后来到你面前的人时（他或她在镜子前那是什么心态，这"为悦己者容"的自作聪明不是在败坏自己吗），想浅了还可以忍受，想深了就恶心得恨不能问上帝——不认识他（她）该有多好一样！

所以我们没有为曾经说过多少无意义的话而后悔。只记着这是若干年前和再不会是若干年后的事了。

若干年前的就不必说了？即使在自己的、我们的森林里？

泱泱庄子焉，传染了不是？

1990 年 9 月，病中

铁路：一个词的催促

　　她一直在那儿催促着我。不期然地，在时空任何的喧嘈或寂静中，在任何事、任何人、任何词语杂乱的日常漂浮里，她猛地就从深处伸出一只手，你就禁不住跟随着她，头也不回地也向生命的深处、岁月的深处飘忽而去——周遭的一切倏地潮落了，连同自身事务的赘疣。人又归在涟涟的湿梦里了，归于记忆，也归于依旧的远古……

　　说起来，无人相信——其实相信与否又有何必要呢？人的本质原就是个人的苍凉独行。有些词、某个词，如果只属于你，你就永远不可能也不会轻易地说出；即使有了书写的能耐，也会无数次地试图倾诉又无数次地尽在难言之中。唯一没有变的，也只是一次次写不下去时，拳拳凝目的题目了：《铁路，铁路》……铁路……铁路，似乎只要说出你，只要还有这个词，别人的普通、你的普通，就是我的不"普通"。你是我的血管，血，从生全死，汩汩永无尽头……

　　"满眼蓬蒿游子泪，一盂麦饭故乡情"——铁路，这副由无名氏所撰，曾经镌于川康茶马古道上那座葬有许多无名"背茶客"的白骨塔上的对联，是你最终纵横的动力吗？白骨塔早已塌碎了，人类远行的心愿与状态却亘古不止，永无终极。现在是你掣动、连绵着人性的陌生、神秘、梦幻、浪漫、艰辛、新奇、未知、江湖和漂泊了。一代一代，有人就有你，有行就有你。你蕴含着树栖的古猿人在迷路的雨夜发现洞穴的惊喜，战栗着古人类走出原始沼泽的恐惧和兴奋；你是山歌诞生之前的独木筏，是祖先异想天开驯其代步的第一匹马；是《山海经》的神异，夸父的奔跑；是摩西的出走，大陆漂移的望乡；是巴蜀沧桑的栈道，是梅岭苔滑的驿路，是雾送剑客、月惜诗灵的豪气和风骨；是迁徙，是流放，是出征，是寻找，是志向，是送别，是思念，是挂牵，是"西出阳关无故人"，是"天涯何处无芳草"，是东方劫年悲怆的《这是 4 点零 8 分的北京》，是欧亚非环绕的地中海上，那曲冒险远航的《奥德赛》史诗……人性的背井离乡，离合悲欢，林林总总，再也没有比"行"与"路"更源远流长，一言难尽的了！只不过后来，只不过如今，它们又以"铁路"之名而呼之。

只不过祖先的行与路，如今再也难见天地、自然和神灵的感应了。

但没有你，也就不会有此生的我。不会有我的《途中的根》《栈——冬的断片》《精神收藏》和《中年的地址》……一切都不是偶然的。从前不知晓，如今却早已彻悟：我的意象，我的心远，无论表面多么与你若即若离，那掣动，那连绵所蕴含的亘古渊源，却都与你骨血相连！她们在下意识、潜意识里的自涌，也皆源于"铁路"的滋养和引申。她们来自于我的铁路父母的奔波遗传，来自于我出生四十多天后，就在母亲的怀抱里往返于瑶岭和鲁南老家的万里颠簸；来自于铁道边的宿舍里夜夜漂枕的汽笛长鸣，也来自于童年时水塘边的黄昏里，目睹一格格灯亮的疾驰列车所滋长、所开发的"那里面是些什么人，都有哪些故事，他们要到哪里去"的生生好奇……生于、长于，也曾经工作于铁路是一种幸运——如果再有幸生活在一条新建的铁路线和铁路局的话，就像二十世纪五、六十年代的柳州那样，那就更是怎么说幸运都不过分了。

在那儿，有你能从开始就看见的历史——青山绿水、荒野丘陵上那轮兆亿年的明月，惊诧年年相似的蛮夷之地，隆隆地有了更为神秘的簇簇灯光；中国所有的火车站周围大同小异的简陋"尘烟窟"，如今又在此日日增聚，天南地北的流民和手艺人，不再逐水草而改逐铁路之"点"定居谋生；新的家属区、学校、街道，走着不同省份的职工和小伙伴，他们说着不同的乡音方言，流传着无数迥异的奇闻逸事，也碰撞着不同的风俗文化，甚至创造着一种"土洋"结合的"铁路普通话"——空气中到处是安土重迁的乡村和市井所没有的信息和胆识，甚至书本也远远无可比拟。

这时，如果你还足够敏感、足够好学，也足够珍惜的话，那么你对远行上班父母的每一次思念，每一次想象，以及你和伙伴们习以为常的每一次上车下车，你在站台上所见的每一回依依惜别，每一片目送列车消失后的空空荡荡……都会同时在你的生命里、灵魂中润浸未来，也重蹈古风的淅淅清霖——也许从那时起，你就是今人也是古人了，你在眼前的街市也在传说的江湖，你的当代即为未来，你在某地却又与所有不同肤色、不同国域，以及相识或不相识的人息息相通……因为这是铁路的胸襟和内蕴。而你成年后的每一次即使绕路也要走走新铁路线的抉择，每一回在硬座列车里舍不得睡去地重温旅客的众态和气味，以及每每步出陌生的车站后，那份似曾相识的微笑与沉着，连同一本本在不同的列车上油然而记的风物和感慨，也就成了深深的、久久的、小心翼翼地俯身向一切活着与逝去的远行之魂和丰沛人性的陶陶抚摸了——你欣慰而感恩，相拥又心怍：铁路，有你，此爱、此生，我值了。

因为值了而催促。催促充实、钟爱，不背信，催促"行"与"路"

的原态，催促一代一代所有奔波的永生和复活，在你早已定居的街衢的那一边，站台上，又见最后一节车厢隆隆融入浓夜的时候……

　　铁路。我的铁路。

2004 年 9 月 17 日

新艺术散文札记

新艺术散文

新艺术散文是相对于自古以来的艺术散文，也是相对于"大散文"而言的。

"散文"历来就是一个有争议的、不准确的概念——有的人认为，除了诗和戏曲之外的"文章"都是散文，有人认为还要除去小说和理论，还有的连杂文和回忆录也不算了，认为余下的才是散文。但在实践中，概念似乎并不重要。尽管定义十分模糊，似是而非，但在人们的感知和创作里，什么是散文又是相对有所确定的。人们所知的那些古今中外的散文大家，从小学到大学的课本里的散文范文，各类选本里的散文篇章，写作教材里与杂文、政论等等题材并列的分类，以及"形散神不散"之言的流传，都在累积着、勾勒着人们心目中的散文。这时散文事实上指的已是文学中的散文了。因为所谓"形散神不散"是无法用来要求政论、回忆录和杂文的。人们所知的散文大家，一般来说，也都是文学家。"文学"这个概念似乎也很大，就像我们不能说宣传画、广告画不是画，政治性、时代性的"壮歌"不是音乐一样。

因而"艺术散文"虽然好像是一个可悟可感可意会又不好界定的概念，但它大抵应该是指散文中最有文学性、形象性、生动性、才华性、灵魂性、色彩性的那些篇章。比如说《逍遥游》《岳阳楼记》《野草》《荷塘月色》《林中水滴》《金蔷薇》《主之音》《白夜》等等。它是画中的画，音乐中的音乐，文学中的文学，散文中的散文。

新艺术散文和以前的艺术散文是不能截然分开的。它在很多方面继承和发展了先辈们已有的和潜在的艺术因素。但社会进化至今，历史和现实、生命与生活、艺术内质和外形都有了巨大的、丰富的认知和嬗变，散文的进步与创新也就不可避免了。新艺术散文虽然还没有或由于时代之要求，尚不可能形成弥漫的趋势（这是一个既多元又缭乱，艺术的声音十分微弱和被割裂的时代），但它已是扎扎实实存在的事实。它不仅融会了象征、隐喻、诗象、魔幻、意识流动等等手法，而且汲取了现代音乐、绘画、建筑、小说、诗歌甚至大自然的原始气息等诸多的艺术新启示。它打破了"形散神不散"的套数或者在重新给"形"和"神"下定义（比如说内在的情绪是不是"神"、当今无思想无主题的心态能不能付诸散文等等）；它不再仅仅是现实的阐述和"轻骑兵"，已经大量地进入了想象、虚构和组合；它不再"完整"、明晰，变得更主观、更自我、更灵魂、更内在，也更朦胧、更支离破碎；它更重意象和内韵，更多元、更立体、更质变、更有挣脱感，不再水墨画油画小号长笛二胡柳琴萨克斯管，不再可以一二三地归类为游记、哲理、抒情、描写、叙事、小品、长赋、笔记，甚至难以说清它到底该叫什么。因为它还在萌芽、生长，属于朝阳而非夕阳落山的艺术。它不会使人追求十年二十年乃至一生，最终却走进黑夜里去。

新艺术散文这样我行我素、后起之秀地站在各门各类艺术翻新创造的"巨人的肩膀"上自由舒展，有时就使人读不"懂"甚至感觉也不"懂"了。它"新"得如此艺术，又汲取了那么多营养，而一般读者被几千年的传统散文熏透了、教熟了，又无法脱胎换骨何以轻易能懂呢？何况艺术就本原而言，就是只可意会难以言传的，因而对它的理解必定也将是一个漫长的过程。

诗歌小说绘画戏曲音乐电影……当初创新演变时的争论似乎已经过去，现在本该轮到散文了，可惜它总是赶不上好时代，已经物质着一切的社会似乎不想争也不愿争了。不争就不会形成气候不会长足发展，因而新艺术散文也许将永远像散文的历程一样，只能默默耕耘默默显现默默承受人品和文品的考验。它也许属于那种不是轰然爆炸而是慢慢释放能量的物质，终将被别的艺术或别的人类活动一点一点借鉴了去、汲取了去、分割了去（历史上散文这样"辐射"的例子还真不少），各取所需，演化成更丰富也更别致的社会存在。如果能这样，那也是它的造化了。然而要能这样，它首先必须破土存在，必须允许它存在。这是人类的需要也是文明的标志。

它也许还没有什么危机感，但目前却是它默默成长的"艰难时世"。

凸现的密度

这个时代把时间和空间都分割得十分零碎了。匆匆，太匆匆，像浮在大河里的残冰一般。物质占有的冰块愈来愈多，越来越重，越来越久，留给精神的则越来越少，越来越短，越来越轻。生活的节奏加速了，信息、利益的负担繁多了，而人又还是离不了精神的。于是这时人们如果还需要散文的话，从前的单线条、清淡、轻松、闲散、一目了然、确定性、主题的唯一等等"容器"，也许就盛不下事物的真实，也无法使人满足了（有时也许仍需要"从前"，但那就像换换口味偶尔吃几片野菜、几块地瓜一样）。人们需要在很短的时间得到最大的精神收获和享受，繁重的物质必须有相应的精神砝码，身心才能平衡；否则"头重脚轻""嘴尖皮厚"就会有失落感、沙漠感。而这时，篇幅不长、阅读时间短少又随意的散文，其浓度、厚度、深度、新度、密度就格外重要。这就像人们必得讲究一日三餐的丰富营养，否则满足不了不进食的其他时光里身体的需要一样。而在这"五度"的要求里，基本的和艺术的要素首先应该是密度。它几乎承载着也连接着一切（当然也有另一种表现形式另一种风格的浓、深、新、厚，那另当别论），它就像必须的、孜孜不倦的邮差似的。

在新艺术散文的密度里，过去的散文里可以是一大段的描写，如今就成了一笔带过的细节；如今一段文字所涵盖的内容，从前可能需要好几篇来表达；从前由微观组成的宏观，现在凝聚成了更宏观之中的极简练、极形象的一颗粒子；形散神不散变成形更散，而神也飘忽无踪了。昔日也许一篇使用一种艺术手法，如今可能隐喻、象征、立体、多元、梦幻、现实、浪漫、诗象等等都集中在一起施展，纵横捭阖不分高下次第；抒情、议论、叙事、描写等等归类，如今也成了"还看今朝"的一杯融会之羹。故乡往事云云，细细写来可成长篇，像一桌丰丰盛盛的皇家饭菜，眼下一碗新创的"八宝粥"似的营养"密度"就足以容纳了。从前的游记一地一事一议，如今完全可以自由联想开去，用形而上又形而下的情思海阔天空地写成十日十地之游"抽象"合一的篇章；古老的静夜、月光，在生活节奏悠缓而简朴，时光被整状地分流给闲情逸致时，心地是纯净单一的，如今却"却上心头"多少复杂的当代滋味儿——人们不知已经发现和经受了多少自身的煎炼，社会正在进化得多么眼花缭乱；各种信息和矛盾搅得人多么坐卧不宁，灵魂涌起了多少几乎囊括油灯茅屋都市霓虹金钱科技山水社会城南旧事留洋南下民俗欧风圣诞复活三月三春节中秋情人节的空虚孤独热闹寂寞爱恨挣扎痛快宣泄卡拉 OK 去他妈的等等的、混乱的交织和对比，这是生活的真实也是艺术的真实，这真实还不够"密"吗？没有"密度"能行吗？

只有"密度"才能不逃避不虚假不做作不苍白地将一切凸现殆尽，让人一睹为快一思为快一享为快一启示一呼应一拍案一扼腕击节为快。相对的社会流动和行为的自由、观念的变迁、多元的发展、心灵的自我、艺术的渴望正是"密度"的土壤和"密度"的需求。不够"密"的散文往往让人觉得伪、觉得"隔"、觉得饿、觉得俗、觉得老旧和不够味，觉得没有活力和生命力。没有了密度，在时代的嬗递中，深度、浓度、新度、厚度都势必被损害被降低。即使是日子相对优哉游哉的文化人，也许正是由于悠闲吧，反会觉得清淡、单一的文字不够刺激不够重负，不够回味不够生猛海鲜而肤浅而轻飘而无嚼头了。于是就创造力和想象力而言，新艺术散文的密度是一种新鲜、一种亲切、一种发人深省的嵌合，是艺术规律和本质的天然的传人。

诗象语言

在诗人里尔克那里，"苹果"不是现实物质的苹果。在这个德意志的世界性现代诗人的艺术语言里所出现的形象，只是思考的隐喻和象征。他的词汇流动着极大的不确切性，无法用世俗的、字典里的定义来解释，只能从整体来感悟和把握，就像海子的"麦地"也已经不是中国北方的麦地一样。

所谓整体的感悟和把握，也不仅仅是整首诗，不仅仅是整首诗的表层和内里的"思"与"气"，还是整个的人、人类、时代、本性与哲学，灵魂和社会学、美学等等的组合。"苹果"们这时只是这一切的锥点。它的存在和理解，对人的素质提出了符合当今时代的高深及卓越的要求。

新艺术散文中的"诗象"现象亦如此。道非道，佛非佛。文中的"树林"已不是简单的树林，"自然"也不是世俗的山水，"烟斗""积木"也许是哲学和生存状态的形象物，而与它们对比的"街市""磨盘"可能就是一种隐喻。一个故事或一个情节可以蕴含一个完整的象征，一段文字也许铺陈了一片模糊的心绪——细节似有似无，因为细节并不重要，因为心绪高于细节。这时细节即使很现实也不"真实"，因为它是"拿来"的，被安上的，不确定的，不"统一"的；这样它反而就更真实了：因为即使它是虚幻的，是现实中不可能有的，但只要更符合某时某地某人的某种心绪，只要它的出现和表达与心绪合形合质，它就具有不可替代性和艺术的真实性。这时的细节只起着形象的作用，牵现心绪，所以它们与旧的所谓细节的作用并不相同。如果不是因为作者创造的是艺术，他甚至完全可以不要它。就像毕加索的牛头马身、乳臀分离变形的画面已经超越了色彩线条技法一样。新艺术散文这时所"创造"的语言，就使散文和语言本身都更有生命力更丰富也更深邃了。

在以往的大多数散文里，语言在所有的灵魂里都是同一个表层的载体，"走"就是"走"，"楼"就是"楼"，形容词动词名词是什么就是什么，与人的灵魂和生命是可以分开的，人的灵魂和生命的内蕴飘忽在约定俗成的定义之间。而在新艺术散文的"诗象"现象里，定义被改变了，变形了，被人的内蕴注入了。因而特定的"苹果""麦子""街市""树林"等等既是它们自身又是人的全部——思想、情绪、灵魂、生命以及其他无以言说的什么，这种激变的状态就像孙悟空的毫毛一样，拔出一根，就可以根据创造的要求，随心所欲地想变成什么就变成什么。这时它已不属于现实而是更新更高层次上的现实，因而用现实的细节与词语的定义去理解就不通也不懂了。如果这时它抠动的是你懒惰、浅薄的神经，使你斥它厌它放弃它，那么你的艺术、思想、文明、进化、创造、想象的能力也随之退化，随之被丢弃和背叛了。于是人的层次也就被搁浅在无法启碇的滩涂上，一生都锈滞了。

诗象的语言来源于内心的现代骚动和旧有语言的饱和，同时也来源于悟性、个人的学识、经历以及表达的快感与和谐。因而它不属于表面的、定义的准确而属于灵魂的、艺术的准确。雪可以是温馨的，因为心灵感到了它的温馨；船是一个象征是由于内心的领悟和表达非它不能一致；里尔克的"苹果"注入了哲学的向往，是他确认哲学和苹果有着同样的生命的性质；而写北国的沙漠之所以给人江南青山绿水的湿意则是由于灵魂的深远和滋润；谁的"街角"已是形而上的构成则是由于她的街角是心绪集散之地罢了。那么"自然"呢？"灰尘"呢？卡夫卡的"城堡"呢？它们的真实面目都需要以感悟去面对感悟、以生命去证实生命、以学识的全面和透彻去棋逢对手才能揭示。这是契诃夫的"套中人"的明确所不能参照的。诗象在这里似乎是充满神秘和无穷魅力的黑洞。

这时候，这样的语言就成了一把口谕一般的钥匙。"芝麻芝麻，开门吧。"你可能借此豁然开朗，但进入的并不是表面与芝麻无关的藏宝的阿里巴巴的山洞，而是有灵魂的芝麻所带来的比财富更丰富、壮阔、深刻的人性的仙境。那里几乎什么都有。但要使它开门，没有求索的跋山涉水是不行的。

1993 年 3 月 23 日—26 日于湖畔